JN318374

魔獣に魅入られた妖精

魔《ま》獣《じゅう》に魅《み》入《い》られた妖《よう》精《せい》

水島《みずしま》 忍《しのぶ》

ILLUSTRATION
日野《ひの》ガラス

CONTENTS

魔獣に魅入られた妖精

魔獣に魅入られた妖精

観葉植物がざわめいていた。

室橋千浦《むろはしちうら》は肩まで伸びた髪をかき上げ、『彼ら』の『声』にじっと神経を集中させた。

植物は耳に聞こえる声を持たない。しかし、千浦にはそれを感じ取れる能力があった。テレパシーと呼ぶものらしいが、千浦は人間の思考を読み取ることはできなかった。ただ、こうして、植物の気持ちは感じ取れる。もしくは、人間以外の動物の気持ちなら判《わか》る。

人間の思考は複雑すぎるのだ。感情の変化などは察知できるが、テレパシー能力を持たなくても、少しくらい敏感な人間なら誰《だれ》でも同じようなことはできるだろう。

ここは人里離れた場所にある超心理学研究所で、千浦は八年間もここで暮らしていた。母が幼い頃《ころ》に病死し、十二歳まで育ててくれた父親がやはり病気で死んだ後、父の友人で超心理学者である井崎《いざき》浩一郎《こういちろう》が千浦を引き取ったのだ。とはいえ、自分の家ではなく、この建物のこの部屋に連れてきて、研究のために閉じ込めただけだ。

それでも、行き先のない自分の面倒《めんどう》を見てくれていると感謝していたときもあった。近い親戚《しんせき》である叔父夫婦は千浦を厄介者と見なしていたからだ。だから、研究にはできるだけ協力しようと思った。千浦は微弱なテレパシーの他《ほか》に、幼い頃から優れた透視能力があった。様々な実験をし、そのデータを取る作業が終われば、前のように学校に通ったり、外で遊んだりできるものだと思い込んでいた。しかし、いつまで経《た》っても外出することはできなかった。

千浦もいつまでも子供ではなかった。閉ざされた研究施設でもたくさんの本を読み、勉強もさせてもらった。テレビもたまには見る。成長していけば知恵がつく。何度か脱走を試みたが、その結果、千浦は鉄格子のはまったこの部屋に鍵《かぎ》をかけられ、監禁されることになってしまった。

自分は何も悪いことはしていない。なのに、囚人のような目に遭わされている。

しかも、学者という名のつく立派な人物に。そして、父の友人だった男に。

千浦はいつしか抵抗することを諦《あきら》めていた。もちろん今でも外に出たいという気持ちはある。しかし、外に出た後、自分が一人でどうやって生きていけばいいのか判らない。今まで人間として暮らしてきてないからだ。

毎日、実験動物を見るような目で見られ、ただひたすらにデータを取られる日々を過ごしているうちに、千浦は自分が人間ではないような気がしていた。

動物。もしくは植物かもしれない。感情はあるが、それを人間からは無視されている存在だった。

部屋のカーテンレールに沿って這《は》わせているのは、観葉植物のポトスの蔓《つる》だった。千浦は窓の端に垂れ下がってきているその葉にそっと触れた。

『来た……！　来たよ！』

ポトスは歓喜の感情を千浦に伝えてきた。正確に言えば、こういう言葉自体を伝えてきているわけではない。人間の言葉に翻訳すると、そうなるというだけだった。

「何が来たんだ？」

千浦は尋ねた。

『助けてくれる人間！　守ってくれるよ！』

千浦は一瞬、期待に胸を躍らせた。

もしかしたら、千浦が望んでいた人間が現れるのかもしれない。毎日、千浦はここから出たいと植物に話しかけていた。それをポトスが正確に理解していたとしたら、千浦を救ってくれる人物が現れるということに違いない。

いや、喜ぶのはまだ早い。植物は人間より敏感にいろんなことを察知するが、それでも間違いはある。

千浦はぬか喜びをしたくなくて、そう考えた。

それでも、千浦は窓の外に目をやった。眩《まぶ》しい光がたくさん入る大きな窓ではあったが、不気味な黒い鉄格子に覆われている。しかも、窓自体はあまり大きく開かない。

そのとき、千浦は一台の車が研究施設の敷地内に入ってきたのを見た。後部座席から一人の男が降りてくる。

千浦は彼に目を奪われた。

年齢は三十前後。長身で姿勢がよく、圧倒的な存在感とパワーを放っている。離れていても、千浦にはそれが判った。

研究所から数名が彼に歩み寄る。きっと大事な客なのだ。スポンサーかもしれない。今まで一度も見たことがないから、これから新しいスポンサーになるのかもしれなかった。

男は颯爽《さっそう》と歩き出した。千浦は窓を開け、鉄格子の隙間《すきま》から彼の顔を見ようとした。彼が救いの主なのかどうか判らないが、少なくとも植物達《たち》は反応している。

彼は遠目に見ても、整った顔の持ち主のようだった。彼が数名の男たちに囲まれて、建物に近づいてくる。千浦は食い入るように彼を見つめた。

そのときだった。

彼がこちらを見たのは。

見間違いや勘違いではない。はっきりと視線が合った。

そして、千浦の全身に何か大きな衝撃が訪れた。一瞬、彼の持つ大きな苦悩のようなものが感じられたのだ。

千浦は驚いて、窓から身を引いた。すると、衝撃が去り、彼も千浦から視線を外していた。

「なんだろう……今のは」

千浦はポトスに話しかけた。ポトスは今までより明確に歓喜の感情を訴えかけてくる。

『来た……来た！』

彼が救いの主だと、ポトスは話しかけてくる。千浦は今感じたばかりの衝撃を思い返していた。

千浦のテレパシーは人間には通用しない。誰かの心の中を盗み見ることなど、絶対にできない。いや、今までそんなことに成功したことはなかった。

それなら、あれは……。

いや、彼は一体『何者』なのだろう。

千浦は何故《なぜ》だか身体《からだ》の震えが止まらなくなっていた。

しばらくして、千浦の部屋のドアがノックされることもなく開かれた。

研究員の男が二人で千浦を迎えに来た。というより、連れに来たというほうが正しい。彼らは千浦を人間扱いはしていない。鍵をかけ、ここに閉じ込めているのだから当然だが、まるで囚人のような扱いだった。

もしくは、ただの実験動物か……。

人間扱いされているなら、まだいいと思わなくてはならない。

「新しくスポンサーになられる方がいらしている。おまえも行儀よくするんだぞ」

まるで犬にでも話しかけているようだった。だが、傷ついても仕方ない。この状況を受け入れているわけでもなかったが、今はそんなことで心を煩わされたくなかった。

「いや、髪が長すぎるな。大事なお客様に会うんだ。きちんと結べ」

髪が長いのは、千浦のせいではない。たまに研究員が切ってくれるが、よほど長くなければ、そのまま放置されている。

千浦は壁にかけてある鏡に向かい、言われたとおりに長い髪を緩く後ろで結んだ。顔色が悪いと注意されることもあったが、外に出ないのだから仕方のないことだった。

色白で痩《や》せている。男らしさとは無縁で、千浦は自分の顔がとても嫌いだった。

それから、二人に両脇《りょうわき》を挟まれるような形で、応接室に連れていかれる。スポンサーと顔を合わせることはあまりなかったが、時々、こんな場面はあった。彼らはできるだけ千浦を部外者とは接触させたくないのだが、研究の成果を見せるためには、千浦はうってつけの存在ということなのだろう。

応接室に足を踏み入れると、ソファに座っていたあの男が千浦に目を向けた。

近くで見ると、遠くで見るよりも威圧感がある。存在感どころではない。強い視線で見つめられ、千浦は小さく身体を震わせた。

なんて目で、この人は僕を見るんだろう。

顔は驚くほど整っている。しっかりとした眉《まゆ》に鼻筋の通った高い鼻、口元は締まっていて、全体的に美貌《びぼう》の持ち主と言えた。けれども、その瞳《ひとみ》には意志の強さが窺《うかが》われて、彼をただの優男《やさおとこ》には見せていなかった。

「彼がこの研究所で最も優秀な超能力者なんです」

そう紹介されて、千浦は客に頭を下げた。

「室橋千浦です」

自己紹介すると、ここの所長である井崎が嫌な顔をした。

「余計なことは言わなくていい」

一度、スポンサーの前で自分が囚《とら》われの身であることを喋《しゃべ》ってしまい、後でとんでもない折檻《せっかん》を受けたことがある。本当に鎖で繋《つな》がれて犬のような扱いをされたのだ。超能力者は時々、奇矯《ききょう》なことを口にするのだと井崎に言い包《くる》められて、スポンサーは千浦を助けてくれなかった。千浦の言葉を信じられなくても、ただ一言、警察に通報してくれれば、それで済むことなのに。

実際、見かけは立派な研究施設でこんな非道なことが行われているなんて、普通は思わないだろう。井崎の発想こそが狂気に囚われているようなもので、ここで働いている他の研究者もまた、同じような考えの持ち主ばかりだった。

自分は同情すらされない。大事な実験動物だからだ。彼らは千浦を使って、実験や研究をすることしか頭になかったのだ。

男は井崎に顔を向けた。誰も彼の名前を千浦に紹介しようとしない。彼もまた千浦には名乗る必要を感じていないようだ。

千浦は人間として扱われないことが苦痛だった。もちろん監禁されていることも苦しかったが、せめて人間として見てほしかった。

「彼はどんな能力を持っているのですか？」

男は井崎に尋ねた。

「透視能力です。普通なら見えないものが見えるのです。……彼は凄《すご》い能力の持ち主なんですよ。きっと伏見《ふしみ》さんも驚かれることでしょう」

彼の名は伏見というのか。下の名前も知りたかったが、苗字《みょうじ》だけでも知ることができてよかった。

伏見はもう一度、千浦に目を向けると、口元だけで笑った。

「とにかく、その能力を見せていただかないことには……」

「もちろんです。千浦、ここに座りなさい」

千浦は井崎の隣に腰かけた。目の前に伏見がいて、刺すような視線を向けてくる。この研究施設のスポンサーとなるような人間が、どうして懐疑的な目で見ているのだろう。千浦にはそれが不思議だった。

超能力に興味があるのなら、もっと期待する目で見てもおかしくないだろうに。

千浦は井崎の指示どおりに、まず彼の隣に腰かけた。目の前のテーブルには一冊のクリアファイルブックが置いてある。千浦がこの部屋に入る前に、伏見自身が書いた文字や絵が何枚か入っているのだろう。

千浦は井崎からスケッチブックを渡された。

「さあ、お客様が書かれたものを読み取るんだ。最初の一ページから順に」

千浦はちらっと伏見の顔を見た。興味津々というよりは、やはり値踏みしているような目つきで千浦を見つめていた。千浦はクリアファイルブックに目をやり、不透明な表紙を見つめ、その中身に集中した。すると、二重写しになったように最初のページが目に浮かんでくる。

千浦はすぐさまマジックペンのキャップを外し、スケッチブックにそれを書き留めた。そして、頭の中でページをめくり、次のページを見つめる。伏見は簡単な記号や文字ではなく、わざと複雑な絵や文字を書いている。当てられるものなら当ててみろということだろうが、千浦にとってはどんな内容が書かれていても同じことだった。

何故なら、千浦の能力は本物だからだ。トリックでもなんでもない。普通の人間には見えないものが本当に見えるのだ。

だからこそ、ここの研究者たちには実験動物のように見られてしまうのだろう。こんな能力を持つ人間が、普通の人間と同じだとは思えないに違いない。

何枚かスケッチブックに書くと、千浦は黙って、書いたページを破り取り、それをテーブルの上に並べた。ちらっと伏見の顔を見ると、驚愕《きょうがく》しているようだった。いつもそうだ。スポンサーにこうして能力を見せると、みんなこういう反応をする。千浦は大道芸人にでもなった気がした。

「では、答え合わせをしてみましょう」

井崎はもったいぶった態度でクリアファイルブックを開き、中にファイルされた紙を一枚ずつ取り出し、最初のページから並べられたスケッチブックの紙の上に重ねていく。もちろん、間違いはない。複雑な絵や図形、難しい漢字もすべて千浦は当てていた。

「凄い能力でしょう？　ここまでやってのける能力者は世界中探しても彼しかいません」

井崎はまるで自分の手柄のように伏見に話しかけた。

そんなに凄い能力者ならば、もう少し優しく扱ってくれればいいのに。

どうしてこんな見世物《みせもの》のような真似《まね》をさせられるのだろう。千浦の能力を見た相手はいつも、彼をまるでめずらしい動物か何かのような目で見るだけなのだ。千浦は心に痛みを感じて、唇を嚙《か》み締めた。

すると、答え合わせの結果を見ていた伏見が、千浦に視線を向ける。そのとき、千浦とまったく同じように唇を嚙み締めた。

え……？

伏見と目が合うと、一瞬だけその心の動きが千浦の心の中に流れ込んできた。彼の中にあるのは憐《あわ》れみだった。それもただの憐れみではなく、千浦の心を読んだかのような憐れみだった。

もしかして、僕の心も相手に読まれているのか……？

あり得ないことではない。相手が能力者ならば。伏見はひょっとしたらテレパシー能力を持っているのかもしれない。何しろ千浦のほうは、動物か植物相手にしか心を読むことができないのだから。

千浦の頭に突如としてある考えが閃《ひらめ》いた。もし自分と伏見の間に何か特別な繋がりがあるのなら、心が通じ合うということも考えられる。初対面なのに、そう思うのは間違いかもしれない。けれども、植物達は確かに千浦に彼を特別な存在だとして印象づけようとしていたし、初めて目が合ったときのあの衝撃は普通ではなかった。

自分はとても馬鹿《ばか》な考えに取り憑《つ》かれているのかもしれない。そう思いながらも、伏見をちらりと見てしまった。

伏見もまた千浦をじっと見つめている。

彼の目の中に何か奇妙な光を見たような気がした。

『助けて……！』

千浦は目と目で伏見に話しかけた。伏見の眉がぴくりと動く。やはり、彼は何かを感じている。千浦はゆっくりと自分の言葉を彼に送った。

『僕は……ここに囚われている……僕は……ここから出たい』

伏見はまばたきをした。もし千浦の心の声が届いていたなら、彼はどういう反応を示すのだろう。自分を救ってくれようとしてくれるだろうか。それを期待する気持ちもあるが、怖くもある。

たとえば、千浦が囚われの身であることを、彼らに確かめてみるなんて馬鹿なことをされてしまったら、すべてが台無しになる。彼らは千浦が自分の意志でここにいるのだと言うだろう。千浦が何を言っても、誰も信用してはくれない。

だが、伏見は何も言わなかった。そして、千浦からさり気なく視線を井崎に移した。井崎は得意になって、千浦の自慢をしている。

「彼は他にもいろんなことができます。伏見さんのポケットの中身も当てることができますよ」

「ポケットの中身？　まさか財布の中身まで見えるなんて言わないだろうな？」

伏見は眉をひそめた。井崎は慌てて言葉を付け加える。

「いえ、伏見さんが透視するように命じない限りは、もちろん財布の中までは見ませんよ。プライバシーの侵害ですからね」

「ほう……。やろうと思えばできるということか」

伏見は感心したように言いながら、千浦にちらっと視線を投げた。

「彼に質問してもいいですか？」

「ええ、構いません」

井崎の許可が出ると、伏見は口を開いた。彼が一体どんな質問をするのかと思うと、胸の鼓動が大きくなったような気がした。

「君の透視能力はどのくらいのものなんだろう。たとえば、隣の部屋のことも見えるのかい？」

彼の質問は千浦の能力に関することだった。もちろん、井崎の前で『助けて』というメッセージが伝わったことを口にしてもらいたくないが、それでも千浦にとってはつまらない質問でしかなかった。

「あまり遠くは見えません。隣の部屋くらいなら、なんとか……。子供の頃はよく見えていたんですけど」

それは嘘《うそ》だった。ある程度までは見える。たとえば、この研究所の敷地から半径数百メートル辺りまでは千浦の知覚範囲内だ。子供の頃は無邪気にその能力を彼らの前に出していたが、自分が監禁されていると判ってからは、あまり表に出さないようにしている。いつかは脱出したいと思っていたから、そのために警戒されるようなことはできるだけ避けたかった。

彼らは年齢のせいで力があまり出せなくなったようだと思っているが、本当はその逆で、子供の頃より能力は増していた。皮肉なことに、閉じ込められていたからこそ、他の刺激が少なくて、知覚が鋭敏になっていったのだ。

「それでは、人間の身体は透視できるんだろうか。健康を損なっている部分が見えるとか、そういうことだ」

「ああ……見ようと思えば見えますが、僕には医学的知識がないから、判別がつかないんです。それに、人間の身体の中なんて、あまり見たいとも思いません」

「なるほど」

伏見は少し笑った。初めて見る笑顔に、千浦は何故だかドキッとした。思いがけなく魅力的な笑顔だったからだ。

さっきからずっと笑わなかったから、あまり笑わない人なのだと思い込んでいたが、そうでもないのかもしれない。

「君には透視の他には、何か能力はないのか？　たとえば……テレパシーとか……」

伏見は探るような目つきをした。やはり、千浦からのメッセージは届いていたのだ。

千浦はなんと答えようかと迷った。研究所員達は千浦にテレパシー能力がないと思っている。植物や動物と心を通い合わせられることすら誰も知らない。それについては、千浦が隠し続けていた。これ以上、化け物のように思われたり、実験動物扱いされることは嫌だったからだ。

迷っていると、井崎が横から口を挟んだ。

「彼は透視能力しか持っていません。けれども、これだけの力を持つ能力者は、本当に世界中を探してもいないはずです！」

千浦は眉をひそめた。そんな褒め言葉はいらない。それに、伏見にテレパシー能力がまったくないわけではないことを伝えたかった。

千浦は伏見を見つめて、一心不乱にメッセージを送った。

『それは……嘘。僕を……信じて……助けて』

伏見は目を閉じ、かすかに頭を振った。千浦のメッセージを気のせいと決めつけたのだ。少なくとも、千浦にはそんなふうに思えた。

千浦の心に絶望がのしかかる。

この人もダメだった……。

ポトスは彼が救いの主だと言っていたのに。

それから、千浦は部屋を出るように言われた。能力を披露したから、もう用はないということだ。

後は伏見にスポンサーになってもらうべく、説得をするだけなのだ。

千浦は疲れていた。自分はいつまでここに閉じ込められていなければならないのだろう。どうして、こんなに彼らに利用されなくてはいけないのか。

千浦の望みは彼らを罰することではなく、ただ外に出たいだけだった。


夜中になり、ベッドの中でまどろんでいた千浦は再び植物たちの声を聞いた。

『来た……!』

何が来たのだろう。こんな夜中に、一体誰が来たというのか。昼間、植物が騒いでいたのは、伏見のことではなくて、他の誰かのことだったのかもしれない。

千浦は自分の能力で『外』を見た。暗闇《くらやみ》の中、一人の男が研究所の施設内に足を踏み入れていた。

それは紛れもなく伏見だった。

どうしてこんな時間に……!

千浦の胸は高鳴った。

もしかしたら、あのメッセージはちゃんと伝わっていたのか。そして、彼は本当に助けにきてくれたのか。

いや、期待しすぎてはいけない。彼は他の用事があって、ここに来たという可能性もある。

だが、なんのために? こんな夜中に普通は訪ねてこないだろう。

伏見はまっすぐに千浦の部屋へと近づいてきていた。そして、窓の外に立ち、コツコツと小さな音を立てて、窓を叩《たた》いた。

間違いない。助けにきてくれたのだ。

千浦は慌ててベッドから抜け出し、カーテンを開いた。常夜灯の光の中、肉眼で伏見の顔を確かめ、窓を開ける。あまり大きく開かないように細工されているが、話をするには充分だった。

「伏見さん……！」

感極まって、千浦は泣きそうになった。が、涙は見せないでおく。千浦にもプライドはあるし、泣かれても、伏見は迷惑なだけだろう。ただでさえ、千浦を救うのは労力のいることだ。彼にできるだけ負担をかけたくなかった。

「来てくれたんですね。僕のメッセージはあなたに伝わってたんですよね？」

伏見は肩をすくめた。

「君にはテレパシー能力はないと所長は言っていたが」

「微弱な能力はあるんです。ただ、あの人達には隠していただけで」

本当は人間にはほとんど通用しない。とはいえ、今、ここでそんな説明しても仕方ない。それに、テレパシー能力はあると思わせておいたほうが楽だった。

「君はここに閉じ込められていると言っていたが、それは本当なのか？」

千浦は急いで頷《うなず》いた。それから、井崎がここに連れてきて、外に出ていかせないようにしたことを説明した。

「僕は十二歳から八年間もここにいるんです。外出もさせてもらっていません」

伏見はぞっとしたような顔をした。

「信じられない。研究のためだけに、そんなに長い間、子供を閉じ込めるなんて」

「最初は研究のためだったかもしれないけど、今は……僕に出ていかれたら、スポンサーがつかなくなるかもしれないし、警察に捕まるから……」

「なるほど。最初の決断が間違っていたばかりに、後に引けなくなってしまったわけか」

研究者が誰も彼もが向こう見ずなわけではないだろうと思う。しかし、井崎は厄介事を背負い込むことになろうが、自分の欲望のために突き進んだのだ。

「君の名は……どんな字を書くんだ？　それから、親の名前だとか、どこに住んでいたのか、君自身について教えてくれ」

千浦は振り返ってライティングデスクからメモ帳を取ってくると、常夜灯の光だけでそれに名前を書いた。それから、彼の質問に答えを記していく。

「よし……。これだけ情報があれば、君に近い親族はすぐに見つけられる。正当な後見人がいるのに、父親の友人ごときが子供だった君を連れ去り、長年に渡って監禁したんだ。これは相当な罪になる」

「あなたが僕を助けてくれるんですね？」

千浦は伏見のほうへと手を伸ばした。その手が鉄格子を握る彼の手に触れた途端、伏見は一瞬ビクッと震えた。

その理由はすぐに判った。千浦にも電気に触れたようなショックが感じられたからだった。

「ただし……条件がある」

千浦はその言葉に今度は別の意味でショックを受けた。

彼がここへ来たのは、千浦を助けたいという優しさが動機ではなかった。何か目的があった。つまり、ただ働きはしないということだ。

だが、それも仕方ない。確かに彼は千浦を助ける義務なんかないのだ。

「判りました。何が望みですか？」

「君を助ける代わりに、君は私に何をしてくれるんだ？」

予想していたこととはまったく逆の質問をされて、千浦は戸惑った。条件というなら、普通は相手から提案してくるものじゃないだろうか。

「僕があなたにしてあげられることは、あまりないように思います。もちろん、あなたが指示したものを透視するくらいのことはできますが……」

それが実生活ではなんの役にも立たないことは、その能力を持つ千浦にはよく判っていた。だが、非合法な活動に使われる可能性はある。それでも、助けてもらえるのなら、彼の言うとおりにする方法を選ぶ。

「……でも、あなたのために、できる限りのことをなんでもします。僕をここから出してくれたら、必ず……！」

伏見はやっと頷いた。千浦に何をさせたいのか想像もつかないが、ここから出られるだけでいい。どんな犠牲を払っても、千浦は自由になりたかった。

「判った。約束だ」

伏見は鉄格子の隙間から手を伸ばして、千浦の後頭部を押さえたかと思うと、自分のほうに引き寄せた。もちろん鉄格子があるから、千浦はそちらに行けるわけがない。しかし、唇が触れた。彼の唇に。

柔らかい熱い唇。キスなんて、もちろん生まれて初めてだった。

伏見はすぐに唇を離して、唖然《あぜん》としている千浦に笑みを見せた。

「な……なんですか」

男同士だというのにキスをした。大した意味はないのかもしれないが、千浦は動揺していた。

「君の覚悟を試しただけだ」

伏見の目はきらめいていた。彼が何を考えているのか、千浦にはさっぱり判らない。

伏見はふと視線を逸《そ》らした。

「これはなんの植物なんだ？」

伏見が指差しているのは、カーテンレールから蔓が垂れ下がってきていたポトスの葉だった。

「僕の唯一の友達です」

「植物が友達か。君は妖精《ようせい》のようだな」

千浦が持っている能力のことを言っているのだろうか。確かにここでは人間扱いされていないが、妖精と言われたのは初めてだった。

「僕は実験動物みたいなものでしたから」

そう答えると、伏見は一瞬、顔を強張《こわば》らせた。そして、鉄格子を握っていた手を離した。

「あ、待ってください！　あなたの名前も教えてください。その……下の名前を」

「何故、そんなものが知りたい？」

伏見は怪訝《けげん》そうな顔で尋ねたが、千浦の差し出したメモ帳とペンを受け取り、名前を書いてくれた。

伏見瑛一《えいいち》。それが彼のフルネームだった。千浦は返されたメモ帳を胸に抱き締める。

この人が僕の恩人になるんだ……！

千浦は改めて彼の顔を見つめた。ちょうど雲から月が出て、彼の顔を照らす。ハッと息を呑《の》むほど、彼の顔はとても野性的で美しく見えた。彼もまた千浦をじっと見つめてきたが、すぐに視線を逸らした。

「……とにかく私は君を救う。そして、ここから出た君は私のためにできることをする。しばらく待っていてくれ」

「はい……。待ってます」

伏見の言葉が真実かどうかは判らない。しかし、千浦には信じる道しか残されていなかった。

たとえ途方もない長い時間を待たされたとしても。

千浦は去っていく伏見の後ろ姿をいつまでも見つめていた。


それから、千浦は待ち続けた。そして、一週間ほど経った後、千浦はまるで刑期を終えた囚人のように応接室へと呼び出された。そこには、しかめっ面をした井崎と口元に笑みをたたえた伏見がいた。

「千浦、伏見さんがおまえを引き取りたいと言ってくださっているそうだ」

井崎はぶっきらぼうな口調でそう言った。ここから出してほしいと願ったが、まさか伏見が自分を引き取ろうと言い出すとは思わなかった。だが、これはきっと自分をここから出すための口実なのだろう。

「伏見さんが僕を……？」

「そうだ。だが、もしおまえがここにいたいというのなら、私達はいつまでも……」

「もちろん喜んで伏見さんのお世話になります！」

千浦は笑顔で井崎の言葉を遮った。井崎が不満そうな顔をしたが、知ったことではない。だいたい、ここにいたいなんて、この自分が絶対に思うはずがない。何年間、不当な扱いを受けたと思っているのだろう。

「私達は行き場のないおまえをここまで面倒見てきたんだぞ。食べ物も着る物も、おまえの好きな観葉植物や本もすべて私が与えてきた。少しくらい感謝してもバチは当たらない」

実に八年もの間、実験動物としてここに閉じ込めていたのに、どうしてこんなことが口にできるのだろう。千浦は呆《あき》れたが、ここを出ていけるのなら、もう文句は言わない。しかし、感謝する気など毛頭なかった。

八年前、彼が千浦をここに連れてこなかったなら、一応、義務教育くらいは受けられていたはずだ。友人もできたかもしれない。親戚の家の隅で暮らさなければならなかったとしても、それくらいの楽しみはあったはずだった。

まだ何か言おうとする井崎に、伏見は声をかけた。

「井崎さん、もういいでしょう。彼にはあなたを訴える権利がある。私から警察に通報してもいいんですよ」

井崎はビクッとして顔を強張らせた。それから、改めて媚《こ》びたような笑みを浮かべて千浦を見た。

「まさか訴えたりしないだろう？　おまえはずっと『井崎のおじさん』と呼んでくれて、私に懐いていたじゃないか」

そんな呼び名はとっくに使っていない。そんな義理も感じていなかった。

この男のせいで、自分は自由を奪われ、これからの人生も奪われるところだった。憎んでも憎み足りないし、本当は罰を受けるべきだと思っていたが、千浦はもう彼とは関《かか》わり合いになりたくなかった。さっさと出ていって、これまでのことをなかったことにしたかった。

それに、伏見は千浦を警察に委ねるのではなく、自分が引き取ると申し出たのだ。訴えることを考えるより、彼の意に沿うようにしたほうがいいだろう。

そう約束したのだから。

自由と引き換えに。

千浦は井崎の質問には答えず、落ち着いた口調で伏見に尋ねた。

「僕の部屋にある植物達を連れていってもいいですか？」

一瞬だけ伏見の目が優しくなった。

「ああ、構わない。……いいですね、井崎さん？」

「あんなもの……勝手に持っていくがいいさ」

井崎は疲れたように呟《つぶや》いた。

「それでは、彼の荷造りを手伝うことにしよう」

伏見は立ち上がり、千浦を促すように肩に手を置いた。


植物達は伏見の車に入りきらなかった。伏見はわざわざ別の車を手配してくれて、千浦の大事な『友達』をすべて連れて出してくれた。

恨めしそうに自分を見る研究員の目には気づいていたが、誰一人、千浦に話しかけようともしてこなかったところを見ると、やはり実験動物扱いしかされてなかったのだ。そんなことは判っていたつもりだったが、心は傷つく。彼らは自分たちの罪について、なんとも思わないのだろうか。

最後に千浦は研究所の建物を振り向いた。

もう二度とここへは来ない。これから先、何があろうとも、それだけは確かだ。伏見が千浦をこれからどう扱うか判らないが、たとえ、のたれ死ぬことになったとしても、ここへ戻りたくはない。生きることより、自由が大事だ。八年もの監禁生活の中、千浦はそう考えるようになっていた。

今更ながら、千浦は敷地内に咲く桜に気がついた。今は春なのだ。監禁された生活には、そんなことさえどうでもよくなっていた。

「心残りはないか？」

車の後部座席に乗ると、横に乗っていた伏見が尋ねてきた。

「ありません。ただ、ここで過ごした年月がもったいないと思うだけです」

「そうだろうな。君の立場では」

伏見が合図すると、運転手が車を出した。そういえば、千浦は伏見について何も知らない。スポンサーになるくらいだから、金持ちなのだろうとは思っていたが。

「あの……伏見さんのことを訊《き》いてもいいですか？」

伏見の口元がかすかに強張った。

「いや、それは家に着いてから話そう。君には私の家に住んでもらう。それで構わないか？」

「はい……もちろんです」

伏見は自分を救ってくれた恩人だ。そして、彼のためにはなんでもすると約束した。どうして彼に逆らえるだろう。

「そういえば、君を長く待たせてしまったな。まさか一週間もかかると思わなかったが」

「いえ、助けていただいただけで充分です」

正直なところ、あんな約束をした後も、伏見が本当に自分を助けてくれるのかどうか、とても不安だった。それは時間がかかったからではなく、今まで誰も千浦を助けようとはしてくれなかったし、脱出する機会を何度も潰《つぶ》されてきたからだ。伏見の言葉は信じていたのに、自分が本当にあそこから出られるのか、信じられなかったのだ。

「君の親族は引っ越していたんだ。しかも、八年の間に三回も。それで居所を見つけるのに時間がかかった」

「親族って、叔父さんのことですか？」

もちろん他にも親族がいるが、近い親族は叔父一家だった。

「ああ、会って話をしてきた。彼らは君が死んだものと思っていた」

千浦の胸がひどく痛んだ。叔父夫婦と千浦の父親はあまり仲がよくなかったのだ。それにしても、探してくれないどころか、死んだものと思われていたなんて……。

自分はあのとき小学生だった。小学生が一人で行方をくらませたりするはずがない。

「一応、捜索願いは出したらしい。しかし、足取りが見つからなくて……。だが、死亡届は出されてなかった」

それは不幸中の幸いと呼ぶべきだろうか。千浦はギュッと目をつぶった。

結局、父親の死を悲しんでいたちっぽけな子供に、誰も関心はなかったのだろう。井崎にしても、千浦がトランプの神経衰弱で百発百中当てられると知らなかったら、面倒を見ようとは思わなかったはずだ。

「残酷なことを言うようだが、彼らは君に戻ってきてほしいとは思っていない」

「そうでしょうね。判っています。それに、僕はもう二十歳ですし」

確かに二十歳だが、その年齢にふさわしい社会的常識はない。子供と一緒だ。もう何年も社会とは隔てられた生活をしていたのだ。外の世界のこともテレビや本からの知識しかなかった。

こんな自分が今、一人で生活できるとは思えなかった。それに、住むところも伏見に頼らなくてはいけないし、金も何もない。持っているのは着替えと身の回りの品、それから植物達だけで、なんの役にも立たないのは判っている。

「本当は君が監禁されていると通報したほうがよかったかもしれないが、私も君には用がある。その代わり、これからの君の生活には責任を持つ。だから、心配しなくていい」

「はい……ありがとうございます」

彼もまた千浦を利用するつもりだ。しかし、千浦は自ら約束したのだから、それでいい。少なくとも、あの場所から救ってくれたのだから。

伏見の要求のことは気になったが、いずれ話してくれるだろう。千浦は伏見の横顔に目を向けた。美しく整った完璧《かんぺき》な横顔。なかなかここまでの美しい男はテレビの中でもあまり見なかった。

伏見は千浦の視線に気づいて、こちらを見た。視線が絡み合い、そのときに千浦の中に何かが感じられた。

以前感じた衝撃ではない。何かとても柔らかいもので、千浦は胸の中がほんのりと温まるのを感じた。

この人はきっと優しい人だ。彼の言動に対してそう思えなくても、自分の微弱なテレパシーにはそう感じられる。

きっと、この人は僕を傷つけたりしない。

千浦は何故だか強く確信していた。

目的地に着いたときにはもう夕方だった。伏見の自宅は一軒家だった。きちんと手入れされた前庭から大きな二階建ての家が見える。古い煉瓦《れんが》造りの洋館で、風格が感じられた。

「君の友達はとりあえずサンルームに運ぼう」

伏見にそう言われて、屋敷から全面ガラス張りのサンルームが建物から突き出していることに千浦は気がついた。

ここなら、直射日光が好きな一部の植物は今までよりずっと快適に過ごせるだろう。そうでない植物は後から移動させればいい。

「ありがとうございます。その……気を遣ってくださって」

伏見が植物にまで気にかけてくれるとは思わなくて、千浦はおずおずと微笑《ほほえ》みかけた。しかし、伏見は何故だか顔を強張らせて、横を向く。

「いや……。大したことじゃない」

素っ気ない口調に引っかかりを覚えたものの、千浦は彼が照れているだけなのだろうと思った。彼との間に何か普通の人間とは違う特別なものがあると確信している千浦は、そうとしか思えなかった。たとえ、彼がわざと千浦に素っ気なくしたように見えたとしても……。

千浦は自分の頭にちらりと浮かんだ考えを、なんとか振り払った。

自分はこの人のためなら、できる限りのことをすると誓った。その約束は絶対に果たすつもりだ。だから、できれば彼のことを悪く受け取りたくない。これから彼に利用されても、千浦は自分の考えを変える気はなかった。

植物と小さな荷物を運び終えると、運転手は帰っていった。すると、大きな家は急に静かになったようだった。

他に誰も住んでいないのだろうか。こんなに大きな家なのに。千浦は不思議に思った。

「伏見さんのご家族はどこに……？」

「私に家族などいない。両親は死んだ。兄弟も元からいない」

伏見は表情も変えずにそう言った。

「じゃあ、この家には一人で住んでるんですか？」

「そういうことだ。掃除や洗濯は通いの家政婦がやってくれる。食事は外食だ」

つまり、これから千浦もそういう生活をするということだ。これからは一人ではなく、二人で暮らすことになるわけだが。どのみち、研究所での生活も似たようなものだ。掃除も洗濯も料理も自分でする必要はなかった。いや、千浦にはそうする自由がなかったのだ。

伏見はふと千浦に目を向けた。

「来なさい。君の部屋に案内しよう」

自分の荷物を持って二階へ上がると、いくつかあるうちのドアのひとつを伏見は開いた。そこはベッドと家具があるだけの簡素な部屋だった。

「ずっと使ってないが、掃除はきちんとしてもらっている。君はここを好きなように使っていい」

「はい、ありがとうございます！　あの……窓を開けていいですか？」

「ああ、もちろん、空気の入れ替えは必要だ」

千浦はカーテンを開き、腰高の窓を全開にして、空気を思いっきり吸い込んだ。下を見ると、サンルームの屋根が見える。

「君のいたところに比べれば、あまり空気はおいしくないはずだが」

研究所は人里離れた場所にあった。森の中と言ってもいいようなところだったと思う。確かに、今、窓から見える風景に緑はあまりなく、建物ばかりだった。

「そうじゃなくて……。僕がいた部屋の窓はこんなに開かないようになっていたんです。鉄格子もはまっていたし」

「ああ……なるほど」

千浦の肩に手が載せられた。いつの間にか伏見は千浦の背後にいた。

この人は獣のように足音や気配を感じさせない。彼が何か特別な人間だということは、千浦にはよく判っていた。

彼にテレパシー能力があるのかないのか、はっきりとは判らないが、少なくとも、千浦のメッセージが受け取れるくらいの能力はあるのだ。自分同様、普通の人間とは言えないと思う。

だが、それを伏見に問い質《ただ》す気はなかった。

これは彼のプライベートに関わるデリケートな問題だからだ。もちろん自分の能力を使って探ろうとも思わない。

他人の秘密には立ち入らない。そのルールを破ると、自分は実験動物どころか『化け物』になってしまう。だからこそ、千浦は研究所員には自分の能力を過小評価されるように振る舞っていたのだ。

「日が沈みそう……。綺麗《きれい》な夕焼け」

どんな風景も肉眼で見られる幸せを、千浦は感じていた。自分の背後にいる男が何を考えているにせよ、今、自分は自由そのものだった。鉄格子もなく、大きく開く窓で外を眺めているのだから。

「千浦……と呼んでもいいかな？」

伏見の深みのある低い声に、千浦はハッと我に返った。それと同時に肩を抱き寄せられて、伏見という人間の存在そのものを強く感じた。

「はい、どうぞ好きなように呼んでください」

触れ合った身体の一部が熱く感じられる。伏見の体温は普通の人間より高いんじゃないかと思うくらいだ。

こんなに伏見のことを特別だと認識してしまうのは、彼本人がやはり自分同様に何か能力があるからなのだろうか。研究所で何人かの超能力者と顔を合わせたことがあるが、伏見とは違っていた。視線を交わしただけで衝撃を感じるなんてことは、まったくなかったのだ。

「君は私のためになんでもすると言ったね」

「もちろん約束は守ります。でも、何をしたらいいんですか？」

「私は君にとんでもないことを要求するかもしれないのに、どうして簡単に約束したんだろう」

とんでもないこと……とはなんだろう。千浦にはとても想像できなかった。たとえば、犯罪のことだろうか。

千浦は唇を舐《な》めて少し躊躇《ためら》った後、口を開いた。

「僕はあなたを信じています」

「ほう……。何故？　君は私のことなど何も知らないのに」

伏見は嘲《あざけ》りを含んだような声で尋ねてきた。

「あなたは特別な人だから」

千浦の肩を抱く伏見の手がピクリと動いた。

「……私は特別なんかじゃない」

「僕にとっては特別だから。あなたは救いの主です」

「私は自分の目的のために君を利用したくて、あそこから連れ出しただけだ。そんな男のことをどうしてそんなに信じられる？」

千浦は一瞬、目を閉じて、それからゆっくりと目を開けた。目の前に広がる風景は変わらない。ここは鉄格子で監禁されていたあの部屋ではなかった。伏見はあそこから連れ出し、住む場所まで与えてくれたのだ。

「感謝しています。だから、信じます」

「いい心がけだな。君のことは妖精のようだと思ったが、今は聖人のようだ」

伏見はぐいと千浦の肩を更に抱き寄せると、唇を重ねてきた。

ドキンと心臓が跳ね上がる。驚いて、身体を離そうとするが、伏見は許してくれない。それに、感謝して信じていると言ったばかりなのに、すぐに反抗するのはおかしいと思う。

たかがキスだ。

男同士で普通はキスなんかしないはずだが、伏見がしたいと思うなら、彼にはする権利がある。それに、前にも鉄格子越しにキスをしている。伏見の意図は判らないが、女の子じゃあるまいし、嫌がって抵抗する必要なんてないように思えた。

しかし、あのときとは違っていた。唇はすぐに離れない。それどころか伏見は千浦の唇をこじ開けるようにして、舌を強引に割り込ませてきた。

千浦は驚いた。こんな真似をされるとは思わなかったからだ。しかも、窓を全開にしている彼の自宅で。

伏見の舌は熱く柔らかだった。他人の舌なんて味わったことは今までになかった。荒々しく舌をからめとられた瞬間、千浦は嵐《あらし》に巻き込まれたような衝撃を感じた。

何……これは……？

いきなり自分の中に衝動が襲ってきた。今まで感じたことがない衝動だ。身体の奥から痺《しび》れるような熱情のようなものが湧《わ》き上がってきて、千浦は唇を重ねたまま呻《うめ》いた。

足がガクガク震える。立っていられなくて、その原因を作っている伏見の背中に思わずしがみついた。

股間《こかん》が硬く強張っている。自分がどうしてこんな状態に陥っているのか理解不能で、何をどうしたらいいか判らなくなっていた。ただ、自分の変化のすべてが伏見のキスによるものだということは判っていた。

やがて、伏見は唐突に唇を離した。千浦は呆然《ぼうぜん》として伏見の目を見つめる。伏見の表情は今までとはまったく違っていて、もっとキスを続けたいというような目をしていた。恐らく自分もまた同じような目をしているに違いない。

千浦は全身から力が抜け、床にへたり込んだ。心臓が凄いスピードで動いていて、息が切れている。まるで全力疾走でもしたようだった。

しばらくそうしていたが、伏見は我に返ったように窓を閉め、カーテンも閉めた。そして、千浦の腕を摑《つか》んで、立ち上がらせた。

「キスが好きなのか？」

「判りません……。こんなこと、初めてだし」

「そうだろうな。ずっと閉じ込められていた君には刺激が強すぎたか」

千浦はいきなり股間に触れられて、飛び上がりそうになった。

「なっ……なんですかっ？」

「硬くなっている。戯れのキスひとつでこんなに感じるとは敏感にも程がある。監禁されていたとはいえ、自分で慰めたことはあるんだろう？」

「え……？」

眉をひそめた千浦の顔を見て、伏見は驚いたように目を開いた。

「まさか……！　いや、君は思春期の間、ずっと監禁されていたんだ。普通なら身についてしかるべき知識を知らなくても無理はない。あいつらが君に教えたとは思えないし」

「しかるべき知識って、どういうことですか？　それは、キスしたら、こうなるってことですか？　こんなに……気持ちがざわめいて、落ち着かなくて、身体中が変な高揚感に包まれていて……」

伏見は苦笑した。彼が千浦の前でそんな笑い方をしたのは初めてだった。

「それだけの語彙《ごい》や表現力があって、性的知識がないとは変な話だが、君は偏った成長をしたんだな。普通の人間にはない能力を持っている代わりに、どこか未発達な部分があったんだろう」

伏見は一人で納得しているが、千浦にはさっぱり判らない。今の自分の状態をなんとかする方法はあるのだろうか。身体が熱くてたまらず、千浦は本能のままに伏見に下半身を擦《こす》りつけた。

「そんなに苦しいか？」

千浦は頷いた。

「これは治せるんですか？」

「ああ、治せる。こちらに来なさい」

伏見に抱えられるようにしてベッドまで歩いていく。伏見はベッドカバーを外して、千浦をそこに寝かせた。

「身体が……熱い」

「じゃあ、脱ぐといい」

伏見は千浦のシャツのボタンを外し始めた。

「脱がなきゃいけないんですか？」

「医者には身体を見せるだろう？　それと同じことだ」

つまり、これは治療ということだ。けれども、こうして伏見からボタンを外されていると、妙な気持ちになってくる。

「子供じゃないんだから、自分で脱ぎます」

「いいんだ。君はじっとしていればいい」

伏見は千浦のシャツを脱がせてしまった。そうして、ズボンと下着も同じように足から引き抜いていく。ベッドの上で裸になることなんてなかったし、風呂場《ふろ》でもないのに人前で裸になったのも初めてだった。おまけに、伏見はじろじろと千浦の全身を見つめている。千浦は改めて自分の股間がいつもの形ではないことを恥ずかしく思った。思わず隠そうと手を伸ばしたが、伏見に軽く払いのけられてしまった。

伏見は壊れ物でも扱うように、千浦の股間のものにそっと触れた。触れられた瞬間、千浦は衝撃を感じて、ビクンと大きく身体を揺らした。

「ここがこうやって勃《た》つことは、よくあるだろう？　そんなとき、自分で触ったりしないのか？」

「だって、朝だけだから……」

「朝だけか。君は聖人より聖人らしいな。やはり人間というより妖精なのかもしれない」

伏見は硬くなっているものを柔らかく握った。

「あ……っ」

「気持ちいいだろう？」

伏見の質問に千浦は頷いた。できることなら、ずっと触ってもらいたいくらいだ。

「これは教育だよ。君が今まで受けてこなかった性教育だ」

小学校に通っていた頃には性教育を受けていた。男女の身体の仕組みや受精で子供ができるのは知っている。けれども、具体的にどういう行為でできるのかは知らなかった。

確かに千浦の知識は偏っている。退屈で本を読むにしても、井崎が与えてくれる本や研究所に置いてある専門書しか選択肢がなかった。テレビも見ていたが、こんなときの対処法を教えてくれるわけはなかった。

何より、千浦はこんな衝動を感じたのは初めてだった。キスしたのが原因だろうが、それ以上に自由になった解放感と関係しているのかもしれない。

伏見は千浦の顔をじっと見つめていたが、やがて自分の顔を近づけてきた。

唇が静かに触れる。軽いキスを何度か繰り返した後、急に深く口づけてきた。

「んっ……ん……」

自分の中の衝動が大きくなり、千浦は腰を揺らした。すると、伏見の手の中にあるものが擦れて刺激される。

こんなに気持ちいい思いをしたのは初めてだった。次第に他のことが考えられなくなってくる。頭の中に霞《かすみ》がかかったように、伏見が与えてくれる快感のことでいっぱいになっていた。

だが、唐突に、伏見は手を離した。すっかり夢中になっていた千浦はハッと目を開けて、伏見の顔を見つめた。伏見は口元に冷たい笑みを浮かべている。

彼は千浦の有様を笑っているのだろうか。初めての体験に我を忘れている自分はおかしいのかもしれないが、できればそんな目をして見ないでほしかった。

「物足りなければ自分でやってみるといい」

「自分で……？」

戸惑う千浦の手は高ぶった股間へと導かれた。自分のものなのに、今は違うものに思える。しかし、こうして触れれば、熱い衝動がすぐに湧き起こってくる。

「握ったまま……ゆっくり動かして」

千浦は言われたとおりのことをする。今までとは違う快感が生まれ、どうしていいか判らなくなった。

もっと……もっと気持ちよくなりたい。

そのためには、もっと激しく手を動かせばいいのだろうか。千浦はちらっと伏見の表情を確認した。彼は千浦の顔をじっと観察していたようで、視線が合う。

その瞬間、彼も千浦同様、とても興奮していることが判った。二人の間に嵐のような何かが吹き荒れているような気がしたのだ。

伏見は顔を近づけた。また唇にキスされると思ったが、そうではなくて、喉《のど》へとキスをされた。そして、そのまま彼の唇は胸元へと滑っていく。

心臓がドキドキしている。股間に意識が集中していたはずなのに、伏見の唇に触れられた部分が気になって仕方がない。いや、唇だけでなく、伏見に触れられたところが気になるのだ。

行為そのものより、まるで伏見という人物のほうが大事であるかのように。

やはり二人の間には何か特別な絆《きずな》があるに違いない。それがなんなのかは、今は判らなくても。

伏見の唇は千浦の胸の突起を捉《とら》えた。途端に、ビクンと身体が揺れた。まさかそんな部分が気持ちいいとは思わなかったからだ。

くすぐったかったわけではない。明らかにそれもまた性的な刺激のように思われた。

「あっ……んっ……」

千浦が激しく動かしていた手の上から伏見の手が添えられた。伏見の手が千浦の手ごと大事な部分を握っている。そう思うと、ますます快感の渦に巻き込まれていくような気がしてならなかった。

頭があらゆる刺激で朦朧《もうろう》としている。ただ、身体の奥から湧き上がる熱情のようなものをどう処理していいのか判らず、千浦は腰をくねらせた。そのとき、伏見は乳首に歯を立てた。

「ああっ……ぁっ」

千浦は燃え上がる炎に呑み込まれ、身体をぐっと反らせる。そのまま天国のような快楽に包まれて、千浦は身体の力を緩めた。

こんなことは初めてだった。気持ちよすぎる。千浦は意識まで手放しそうになったが、やっとのことで目を開ける。すると、伏見がゆっくりと自分の身体から起き上がるところが見えた。

「大丈夫か？」

「はい。あの……すごく気持ちよくて……」

この場合、礼を言うべきなのだろうか。彼は教育だと言った。知らなかったことを教えてもらったのだから、普通は礼を言うべきだと思うが、彼の目にも興奮を感じ取っていた千浦は素直に礼を言いづらかった。

「そうだろうな」

素っ気ないとも思える言い方だった。千浦は伏見から視線を外し、自分の股間に目をやる。萎《しぼ》んでしまったそこを包んでいた手を開いた。これが精液なのかと、千浦は初めて知った。気がつくと、興奮は去っていて、伏見の前で晒《さら》した醜態が急に恥ずかしくなってくる。

伏見はハンカチを取り出すと、千浦の掌《てのひら》を拭《ぬぐ》い、股間まで綺麗にしてくれた。

「服を着なさい」

「はい……」

伏見に何から何まで世話をしてもらって、自分はまるで子供だった。千浦のほうが伏見のためになんでもすると約束したのに、思いがけないことで二人の間に妙な関係ができてしまったような気がした。

千浦は伏見のほうを見ずに、慌てて服を着た。

「あの……普通は男同士でキスなんかしませんよね？」

この常識が間違っているということはないはずだ。伏見は溜息《ためいき》をついて答えた。

「そうだろうな。私だって、君にキスする気はなかった。あの夜は君が何故か無垢《むく》な妖精のように見えて、わざと汚してみたくてキスをした。けれども、さっきは……」

「さっきは？」

どういうつもりだったのか、千浦は知りたかった。今は何気なさそうに振る舞っている伏見の目が興奮を帯びていたところを、千浦ははっきりと見たからだ。

「たぶん……気の迷いだ。君は浮世離れしていて、世間から守ってやらなくてはならないようなか弱い存在に見えたからかもしれない」

千浦は首をかしげた。自分は世間とは隔絶された世界に生きてきて、超能力を持っている。これ以上ないくらい浮世離れしているが、守ってもらうほどか弱いと思われたことには驚いた。

けれども、胸を張って、自分を強い人間だと言うことはできない。何度か脱走に失敗した後、千浦は半ば諦めていたからだ。本当に強い人間なら、きっと諦めたりしなかっただろう。

「自分でも不思議だ。何故、君にキスしたくなったのか……。言っておくが、私は男を欲しいと思ったことはないし、そういう目的のために君を引き取ったわけじゃない」

はっきりと断言されて、千浦はホッとした。男女がすることについて無知でも、今やった行為の延長にあることくらいは判る。

伏見はベッドからさっと立ち上がった。

「しばらく休んでいなさい。少ししたら、夕食に出かけよう」

「はい……。判りました」

伏見は部屋を出ていった。階段を下りる音がして、千浦は二階に一人きりで残された。

ここは静かすぎて淋《さび》しい家だ。一人で住むには広いが、二人でも広すぎる。

伏見はまだ自分のことも話してくれない。千浦がこれからすべきことも言ってくれない。それなのに、こんないやらしいことはしたのだ。

僕はこれからどうなるのだろう。

千浦は薄暗くなった室内を見回し、溜息をついた。

夕食のために顔を合わせたとき、伏見はすでに千浦の部屋でしたことを、なかったこととして片付けているようだった。できれば、千浦もそのほうがいい。頭の中や身体の感触として、いろんなものが記憶に残っていたが、恥ずかしくて思い出したくない。伏見が何故キスをしたのか、その理由も考えたくなかった。

それにしても、伏見は千浦に何をさせようと思っているのか、まだそれを口にしなかった。こちらが訊いても、そのうちに話すというだけで、ごまかされてしまう。

どうしても聞きたいというわけではなかったが、彼が何故なかなか言おうとしないのか、それが不思議だった。

よほど言いにくいことなのか……。

だが、いずれにせよ、いつかは口にするだろう。それが目的で千浦を引き取り、こうして自分の家にまで住まわせているのだから。

夜になり、伏見の寝室が自分の部屋の隣だということを知った。壁ひとつ隔てただけの場所に、伏見がいると思うと、千浦は少し安心した。今まで植物達と一緒の部屋で寝起きしていたから、急に独りぼっちになったような気がして、淋しかったからだ。明日になれば、サンルームから自分の部屋へと鉢を運ぼう。急に環境が変わったこともあって、どうにも落ち着かなかった。

千浦はベッドの中でなかなか寝付けず、何度目かの寝返りを打ったとき、ふと誰かの呻き声が聞こえたような気がした。

誰……？

幽霊でもいるのだろうか。馬鹿馬鹿しいと思いつつも、この家の独特の雰囲気には似合っている。古い洋館で、大きいばかりで住んでいるのはたった二人なのだ。何が出てもおかしくないと思ってしまう。

けれども、伏見が嘘をついていなければ、この家にいるのは千浦以外には伏見しかいないのだ。すると、この呻き声を出しているのは伏見ではないだろうか。

何かとても苦しんでいるように聞こえる。もしかしたら、急病になったということも考えられた。だとしたら、このまま放っておいていいはずがない。

千浦は決心して、パジャマ姿のまま部屋を出た。隣の部屋のドアに近づくと、もっとはっきり呻き声が聞こえる。千浦は思わずドアをノックせずに開いた。

部屋には大きなベッドがあり、伏見はそこで寝ている。ベッドサイドに置いてあるシェードランプの常夜灯の光が、伏見の顔を照らしている。起きているのか眠っているのか判らないが、伏見は目を閉じて呻いていた。

「伏見さん！　大丈夫ですか！」

傍《そば》に行って、千浦は伏見の肩に手をやる。ハッと目を開けた伏見はしばらく無言で千浦を見つめていた。その様子を見れば、伏見が夢にうなされていただけと判る。

「君が……何故ここにいる？」

伏見は絞り出すような掠《かす》れた声で問いかけてきた。

「僕の部屋に呻き声が聞こえてきたから……伏見さんが具合でも悪くしたんじゃないかと思って」

こちらを睨《にら》みつける伏見の表情から、千浦は自分が余計なことをしたのだと悟った。どんな声が聞こえたにしろ、彼のことをよく知らない自分がのこのこ寝室にまで勝手に侵入してはいけなかったのだ。

「君には関係ない。私の寝室には立ち入るな」

やはり思ったとおりの答えが返ってきた。しかも、とても冷たく硬い声で千浦は胸が締めつけられるような気がした。

この人は僕を引き取ったけど、家族のような優しい気持ちを持っているわけじゃない。ただ僕を利用したいだけなんだ。

結局、自分のことは何も説明しない。それは千浦を対等な人間としては扱ってくれていないということだ。千浦はなるべく伏見のことをいい人だと思うように努力していたが、現実を突きつけられて、打ちひしがれた気持ちになった。

「はい……すみません」

拳《こぶし》をきつく握り締めて、千浦は部屋を出て行こうとした。が、後ろから呼び止められる。

「待て。君が目を覚ますほど、私はそんなに大きな声を出していたのか？」

「違います。眠れなかったから気がついただけです」

「……どうして眠れない？　ベッドが硬かったか？」

伏見の声は少し和らいでいた。千浦はその変化に少しホッとする。

「環境が変わったのと……なんだか淋しくなったから」

「淋しい？　まさか研究所で閉じ込められていたほうがよかったとは言わないだろうな？」

「違います！　植物達が部屋にいなかったからです。あの……今から、鉢をひとつだけサンルームから持ってきていいですか？」

一瞬、伏見は呆れたような目を向けた。

「もう遅い時間だ。明日にしろ」

そう言われることも判っていた。実際、淋しいから観葉植物を部屋に置きたいなんて、伏見にしてみれば笑いたくなる考えに違いない。

「判りました。じゃあ……」

「こっちに来なさい」

ベッドの傍に戻ると、千浦は手首を摑まれ、温かい寝床の中に引きずり込まれた。千浦は夕方にされたことを思い出して、ドキッとする。

「淋しいなら、今夜はここで寝ればいい。幸い君は細いから、窮屈ではないだろう」

「あ……ありがとうございます」

ここで寝れば淋しくはないかもしれないが、逆に興奮してしまって眠れなくなるかもしれない。千浦は伏見の傍らに身を横たえ、彼に背を向けた。どうしても緊張してしまうが、これから何か起ることはないはずだ。

「おやすみなさい、伏見さん」

「ああ、おやすみ」

伏見もまた千浦とは逆の方向を向いている。千浦は安心したものの、二人の間にある厚い壁を感じて、やるせない気持ちになった。千浦がここに来たのは成り行きのようなものだが、それでも一緒に住むなら、心の交流のようなものを持ちたかった。

伏見は冷たい。そして、他人を阻んでいる。けれども、その心の奥に何か温かいものが潜んでいるに違いないとも、千浦は思っていた。

いや、そう信じたがっているだけなのか。

初めて目が合ったときの衝撃を思い出す。伏見と自分との間には特別な絆がある。それをやはり信じるべきだと思う。

身体が温かくなっていき、次第に眠りに誘われる。植物達のことは大好きだが、彼らは決してこんな温《ぬく》もりを与えてくれない。

千浦はこの温かさにささやかな幸せを感じていた。


翌日、千浦は観葉植物の鉢の一部を部屋に持って上がった。直射日光を喜ぶ植物はそのままサンルームに置いておく。彼らは研究所より居心地がいいらしく、ご機嫌のようだ。部屋に持って上がった植物も、千浦が研究所を出られたことを喜んでくれていた。彼らは紛れもなく千浦の友達で、千浦を裏切ることは決してなかった。

それから一週間が経った。

その間に伏見は叔父の家まで連れていってくれた。彼らが千浦を不要な存在として考えているのは判っていたが、伏見としては会わせる義務があると思っていたようだった。その結果、作り笑いを浮かべる叔父夫婦との対面になってしまった。

口でどんなに心配していたと言われても、その目を見れば判る。叔父夫婦は気持ちを隠しておくのが下手な人間だった。しかし、両親の死後、彼らがもう少し自分のことを可愛《かわい》がる気持ちがあったのなら、あの日、井崎になんと言われようとも、彼の車に自ら乗り込むような真似はしなかったと思う。あのとき、井崎のほうがマシな人間だと信じてしまったのは、叔父夫婦の冷たさがあったからだった。

両親の位牌《いはい》や遺影、それから遺品のいくつかを受け取り、伏見と共に家に帰った。叔父夫婦は父が借りていたアパートを整理し、そのほとんどを処分していた。それは千浦がいてもいなくても同じことだったかもしれないが、やはり自分が知らないうちに何もかもなくなってしまっていたことは悲しかった。

なんにしても、もう八年前とは違う。閉じ込められていた間にすべてが変わってしまっていた。叔父が言うには、家には貯金もほとんどなく、遺産もなかったから、葬儀代や何かで赤字だったという。何かあったらいつでも訪ねてきてほしいと言われたが、それが本心ではないことはよく判っている。

結局、今のところ、千浦は赤の他人である伏見に頼るしかなかった。しかし、住むところを与えられているだけでも、幸運だと思う。

あの夜から伏見と同じベッドで眠ることはなく、一緒に住んでいても彼のことはよく判らなかった。けれども、千浦にとっては親族より大事な存在だった。ただ、彼が自分を救ってくれたからだけじゃない。彼は特別な人間なのだ。何ものにも替えがたい相手。千浦にとってのそれが伏見だった。

その日、千浦はいつものように伏見が仕事から帰ってくるのを待っていた。夕食は外食と決まっていたからだ。簡単なものなら千浦でも作れるし、実際、朝食や昼食は自分で用意していたが、伏見は千浦の料理を気に入らなかったようだった。小学生の頃に覚えた料理など、伏見にしてみれば、ままごと遊びに等しいものなのだろう。

千浦は伏見に頼んで、家の中の掃除や洗濯をやらせてもらうことにしていた。今までその仕事をしていた家政婦には悪いが、家に閉じこもり、本を読み、テレビを見るだけでは、今までの生活と変わりない。外で働けるだけの能力がない自分には、家事が伏見のためにできる精一杯の仕事だった。

もちろん、伏見は何か別のことを千浦にやらせたいのだろうが、それはまだ何も言ってくれない。伏見がいつまでも黙っていることを不思議に思いながらも、いっそ何も言ってくれないほうがいいのにとも思う。

それなら、ただ善意で自分を引き取ってくれたのだと思えるから。けれども、それは真実じゃない。

彼はいつか千浦を利用するつもりなのだ。

日が沈み、暗闇が訪れる。千浦はサンルームに行き、植物達に囲まれたカウチに腰かけた。千浦の淋しい気持ちを彼らが和らげてくれる。

いつまで経っても、自分は子供のままだ。ここは自分の家ではないとはいえ、今は自分が暮らしている場所なのだ。淋しいなんて甘えた気持ちをどうにか始末しなければならなかった。

不意にガラステーブルの上に置いてある携帯が鳴り始める。伏見にもらったものだ。もちろんかかってくる相手は伏見しかいない。

電話に出ると、伏見の深みのある声が耳に響いた。

『もうすぐ車が着く。戸締りをして用意をしなさい』

「はい、判りました」

伏見の指示どおりに戸締りをして外に出る。門の前でしばらく待つと、車がやってきた。後部座席に乗り込み、隣に座っている伏見に挨拶《あいさつ》をする。

「お帰りなさい」

こう挨拶すると、伏見は必ず口元に笑みを浮かべる。これから一緒に出かけるのに、お帰りなさいと言われることが面白《おもしろ》いのだろう。しかし、伏見は静かに頷くだけで、ただいまと言ってくれたことはない。

運転手が車を伏見の行きつけの店へと走らせていく。千浦はそっと伏見の整った横顔に目をやる。こうして黙っているときは、彼はとても冷たく見えた。

伏見は製薬会社の社長だ。彼の家は江戸時代《えどじだい》から薬問屋として栄えていて、それからずっと受け継いできたものだという。彼に言わせると、社長という役職は、一族に誰もいなくなったから自動的に回ってきたものというが、三十二歳という若さで社長を任せられているのだから、それなりの能力があるのだろう。とはいえ、伏見自身は自慢めいたことはまったく口にしなかった。

伏見が言わないことがもうひとつあった。自分の家族について話すことを避けている。そういう話に向かうと、途端に伏見は話題を変えてしまう。一族が伏見しかいないということで、彼もまた家族のことで何か傷ついているのかもしれない。

いずれにせよ、千浦は伏見の意向には逆らえない。いつも伏見との間には壁がある。彼の機嫌を損ないたくないから、千浦はいつもその壁を感じながらも、なるべく触れないようにしていた。

伏見の行きつけの店は小料理屋だった。気取りがない家庭的な味が売りの店だが、騒がしくもなく、落ち着いて食事ができた。運転手はここで帰ってしまい、伏見と千浦は店の隅のテーブルで向かい合わせに座った。

「今日は一日、何をしていた？」

伏見はいつもこんなふうに千浦のことを尋ねてくる。

「今日は買い物に行きました。本が読みたかったから」

「買ったのは本だけか？」

「はい。他に欲しいものもなかったし」

伏見には小遣いまでもらっている。自由に遣っていいと言われているが、やはり赤の他人に何から何まで世話になっているのに、無駄遣いする気にはなれない。買い物自体は、社会復帰の一歩として必要なことだと言われているので、積極的に出かけるようにはしているが。

「服を買えばいい。君の手持ちの衣類は少なすぎる」

千浦は自分が持ってきた服の少なさを思い出して赤面した。ずっと外出をしていなかったから、服は必要最小限でよかったのだ。

「君くらいの年齢なら、もっと服装に気を遣うものなのに」

「でも、何を買っていいのか、よく判らなくて。それに……」

千浦は声をひそめた。

「外に出ると気になるんです。また研究所に連れ戻されるんじゃないかと思って……」

そんなことはないと思いながらも、恐怖はまだ消えない。伏見の家の中なら安心できても、一歩外に出ると、落ち着かなくなる。何度も後ろを振り向いたりして、挙動不審な行動を取ってしまうのだ。

「気持ちは判るが、それはない。もし君が行方不明になったとしたら、私はすぐさま警察に君が監禁されていたことを通報するから」

「そうですよね……。僕のことは研究し尽くしているはずだから、今更、用はないと思うんですけど」

判っていても、しばらく時間がかかるものなのだろう。自由に出かけられるのに、自分自身を縛ってしまうような真似をしていたら、伏見に救ってもらった甲斐《かい》がない。

「君はもう子供ではないのだから、路上で無理やり連れ去られることもないだろう。だが、今のままだと体重が軽すぎて、簡単に持ち上げられそうだから、もっと食べたほうがいい」

冗談のつもりなのか、伏見は笑みを見せた。普段はあまり笑うこともなく、真面目《まじめ》なことしか口にしない。だから、余計に千浦は彼のことが理解しづらかった。

本当はもっと知りたい。理解したい。心を寄せ合いたい。自分を救ってくれた大事な人だから。

千浦がそう思う度に、伏見はそっと顔を背ける。特に、彼に向けてメッセージを送っているわけではないのに、まるで千浦の考えていることが彼に伝わったかのようだ。

伏見は千浦の面倒を見ながらも、一方で拒絶しているようなところがある。それが不思議でならなかった。

千浦はすでに伏見のためならなんでもすると誓っている。そして、彼のことを信じると明言している。それなのに、彼は心を許そうとはしてくれなかった。

二人の関係はなんなのだろう。千浦は伏見のペットか何かのようだった。ペットなら可愛がってもらえるかもしれないが、千浦はそうでもない。世話はしてくれるが、放置もする。結局、千浦は伏見の考えていることが読めなかった。

もっと集中すれば、彼の心の声が聞こえるだろうか。植物達のように何かメッセージをくれるだろうか。

そう思って、伏見の目を覗《のぞ》き込む。しかし、伏見の視線はスッと千浦から離れた。やはり拒絶されている。千浦にはそうとしか思えなかった。

「君はもっと外に出ていかなくてはならない」

「判ってます……」

八年の空白を埋めなければならない。しかし、外に出るだけで埋められるものだろうか。

千浦は不安だった。一番近くにいる伏見の気持ちが判らなかったからだ。自分がどうやって生きていけばいいのかも判らない。

「だが、急がなくてもいい。君はまだ若い。いずれ失ったものを取り戻せるときも来るだろう」

「なんだか伏見さんが年寄りみたいな言い方ですよね」

伏見は眉を上げて千浦を見たが、口元には笑みが浮かんでいた。

「君に比べれば年寄りだ」

「伏見さんは若いですよ」

何より綺麗な顔をしている。千浦はよく伏見の顔に見惚《みと》れているときがあって、自分でも呆れるくらいだ。

「結婚はまだしないんですか？」

伏見が結婚なんてしてしまったら、自分は出ていかなくてはならない。だから、まだしてほしくなかったが、彼の年齢ならとっくにしていてもおかしくはないと思うから尋ねてみた。

だが、これも伏見には話したくないことだったのだろう。目を逸らし、口元に力がこもった。

「結婚するつもりはない」

「えっ……」

まだするつもりはないと言ったつもりだったのか。いや、生涯独身のままだという意味に聞こえた。

「でも、会社を継ぐ子供が必要なんじゃないですか？」

「子供はいらない。それに、会社には優秀な人材がたくさんいる。親族経営なんて、もうすでに破綻《はたん》しているから意味がない」

伏見の表情から、もうこれ以上、このことについて話したくないという拒絶の姿勢が見えた。千浦は彼のプライベートな部分に触れすぎたのだ。

それなのに、千浦はどうしても自分を抑えきれずに小さな声で呟くように言ってしまった。

「僕も……できれば伏見さんには結婚してほしくない」

伏見が驚いたような顔をして、千浦をまっすぐに見つめてきた。

「何故だ？　私が結婚したら、君を家から追い出すと思ったのか？」

「それもありますけど……」

千浦は伏見とキスしたときのことを思い出していた。そして、身体に触れられ、信じられないくらい気持ちのいい思いをしたことも。

それから、同じベッドで眠ったときの身体の温もりも。

あれを伏見が他の誰かに与えているところを想像したくなかった。誰か見知らぬ女性が伏見を独占することなど、考えたくもなかったのだ。

間違った嫉妬《しっと》心だと判っている。伏見は男で、千浦も男だ。あのとき、たまたまああなっただけのことで、千浦は伏見の恋人でもなんでもない。その対象にすらならないことも判っている。

それでも、伏見が結婚することなど、とても許せそうになかった。

伏見が自分のことをどう思っていてもいい。ペットか、それとも何か利用できる存在としか考えてなくてもいい。今はまだ伏見とあの家で共に暮らしたかった。

「顔が赤い」

伏見はそう指摘して、ふっと微笑んだ。

今、彼と心が通じ合ったような気がした。次の瞬間、口元が引き結ばれ、冷たい笑みに変わるまで。


食事が済み、タクシーで家に戻った。

「ただいま」

千浦はサンルームに直行すると、植物達に声をかけた。彼らはそれに温かく応《こた》えてくれる。伏見との会話ですり減らした神経を、彼らはたちまち宥《なだ》めてくれた。

「君は植物にいつも話しかけているのか？」

めずらしく伏見もサンルームまでついてきていた。いつもの伏見なら、リビングのソファで寛《くつろ》ぐか、書斎で仕事をするのに。

「話しかけると、ちゃんと応えてくれるんです。植物はみんな優しいから、話していると落ち着きます」

「植物と話す？　まさか君はそういう能力があるのか？」

「微弱なテレパシー能力があると言ったでしょう？」

植物と話せるとまでは言わなかったが、少なくとも嘘はついていない。しかし、伏見はそう受け取らなかった。

「君の能力について、他に隠していることがあるのなら、全部教えてもらいたい」

伏見は千浦の肩を摑むと、無理やり引き寄せ、リビングのソファに連れていく。二人で並んでそこに座ったものの、千浦は困ってしまった。

千浦は自分の能力を伏見に隠していたと思われたことが嫌だった。確かに話してはいなかったが、それほど重要なことだとは思わなかった。植物と話す能力は、伏見に何か意味のあることなのだろうか。

「大したことでもないんです。たとえば、透視能力については、研究所のみんなが思っていたより、ずっと広い範囲のことが判ります。もちろん集中すればの話ですけど」

「どうして今まで自分の能力を過少申告していたんだ?」

「逃げだしにくくなるし、それに……化け物と思われるから。今までも思われていたようですけど」

あそこで人間扱いされていなかったことを思い出して、胸が痛んだ。もう過ぎたことなのに、やはり悲しくて苦しい。

千浦は自分の手に視線を落とした。

「他には?」

伏見の声が少し優しく聞こえる。そんなふうに優しくされるから、千浦は彼に心を寄せてしまう。ただの冷たい人なら、自分もそれなりの態度を取ればいいだけなのに。

「後は微弱なテレパシーで植物や動物と会話ができる」

「動物とも？」

「人間の心の中は複雑すぎて覗けないし、こちらからのメッセージも受け取ってもらえない。でも、動物なら、僕程度の能力でも心の中に入っていけて、楽に会話ができます」

研究所の中には動物はいなかったが、近くまでやってくる鳥とはよく会話していた。窓から覗いては、自由のない千浦に同情してくれていたのだ。

「君は……人間とはテレパシーで会話できないのか？」

「はい。植物と動物限定です」

「私にはあんなにはっきりとメッセージを伝えてきたのに？」

「伏見さんとは特別に相性がよかったのか、それとも伏見さんにも実はテレパシー能力があったのかなって思っていたんですけど」

横をちらっと見た千浦は、伏見の両手が自分の腿《もも》をギュッと摑んでいるのに気がついた。手が白くなるほどに力を入れている。

彼を怒らせた。理由は判らないが、伏見が怒りにかられていることに間違いなかった。

「私にはテレパシー能力なんかない！」

「じゃあ……相性がよかったんですよ」

恐る恐る伏見の顔を見る。彼は青白い顔で唇を震わせていた。それでも、懸命に息を吐いて、理性を失わないようにしているようだった。

「私は動物並みということか」

「そんなことは……」

鋭い眼差《まなざ》しで睨みつけられて、千浦は何も言えなくなった。どうして彼がそんなに怒るのか判らなかったからだ。

伏見は千浦をぐいとソファの上に押し倒した。そして、その上にのしかかってきて、千浦を冷たい目で睨みつける。

「確かに私は獣のようだな」

顔があまりにも近い。キスでもされそうな距離で、千浦は息を呑んだ。

「伏見さん……僕は……」

唇に彼の息が触れる。

「獣には獣のやり方があるということだ」

そう囁《ささや》いたかと思うと、伏見は千浦の唇を塞《ふさ》いだ。乱暴に押しつけられた唇だったが、千浦は自分の身体が蕩《と》けていくのが判った。

ずっとキスをしたかった。この瞬間をずっと待っていたのかもしれない。

伏見にキスされることが、千浦にとって何より喜びだった。性の快感を教えてくれたのが伏見だからというわけではない。恐らく千浦は彼のことが好きになっていたのだ。

男同士で馬鹿馬鹿しいことだろうか。それでも、伏見は千浦の望みどおりにキスをしてくれたし、千浦はそれが嬉《うれ》しかった。

夢中でキスを返し、千浦は伏見が怒っていたことすら忘れかけていた。

身体が熱い。股間が強張り、無意識のうちに彼にそこを押しつけてしまっていた。

不意に唇を離される。そのときになって、千浦は伏見がまだ冷たい目をしていたことに気がついた。

伏見は千浦の股間に触れた。

「君も獣か」

そうかもしれない。相手が男だと百も承知なのに、キスをしたくなり、それ以上のことまで望んでしまっている。

「……来るんだ！」

伏見は千浦の手首を摑み、立たせた。そして、そのままぐいぐいと引っ張り、二階へと連れていく。

千浦は伏見の寝室に連れていかれ、ベッドへと乱暴に押し倒された。

伏見の表情は変わらない。まだ何かを怒っている。千浦はその理由が知りたかった。

「何故、そんなに怒っているんですか？」

「怒っているわけじゃない」

伏見はぶっきらぼうに呟くと、千浦のシャツのボタンを外し始めた。この間のことが頭に甦ってきて、股間が余計に強張ってくる。これからされることに期待を抱いてしまっているのだ。

だが、興奮と共に不安も感じている。伏見の様子が普通とは違う。この間のように気持ちいいだけで済むのかどうか判らなかった。

「伏見さん……」

「黙れ。何も喋るな」

伏見は鋭い声で命令した。千浦の裸の胸を見下ろし、そのままそこに唇を押しつけてくる。

「あ……ぁっ」

黙れと言われたが、乳首にキスされて声を出してしまった。この間、同じようにされたときより自分が敏感になっているようで、恥ずかしくなってくる。

性行為のことはあまり知らない。男女がどんなふうに結びつくのかも知らない。だが伏見と自分がこうしていることは、あまり普通のことではないような気がした。

けれども、千浦は伏見を止めようとは思わなかったし、これ以上のこともしてもらいたいと思っていた。何より自分自身の欲望を抑えられない。

たとえ異常なことでもいい。伏見とこうして触れ合えることが嬉しかった。

伏見に与えられた快感が今でも記憶に残っている。身体の隅々まであのときの感覚が残っていた。

伏見は左右の乳首に何度もついばむようなキスを繰り返した。その度ごとに千浦は我慢できずに声を洩《も》らし、身体を揺らす。どうしてそんな場所を刺激されるだけで、ここまで感じてしまうのか、自分でも判らなかった。

舌で突起を転がされると、背中がゾクゾクしてくる。それから、吸いつくように口づけられて、身をくねらせた。

やがて、伏見は千浦の下半身に手を伸ばした。股間はもうはちきれそうなくらいに大きくなっている。ズボンの上から撫《な》でられただけで、千浦は熱い息を洩らした。

もっと触ってもらいたくて、腰を蠢《うごめ》かせ、伏見の手に押しつける。伏見は千浦のその仕草に気がついて、冷たく微笑んだ。

「もっとしてほしいのか？」

「はい……。この間みたいに……」

自分から求めていいのかどうか判らなかったが、欲望のままに答えた。

「それなら、自分で脱ぐんだ」

伏見に命令されて、千浦はそれに従った。気持ちが逸《はや》る。これから起きることを想像するだけで、胸の鼓動が速くなってくる。

ズボンと下着を脱ぎ捨て、上にシャツを羽織っただけの姿になった。もちろん股間は勃ち上がっていて、伏見が触れてくれるのを待ちわびていた。

伏見は千浦のふくらはぎに触れた。そして、膝《ひざ》から太腿へゆっくりと撫で上げる。肝心なところに触られてもいないのに、千浦の身体は悦《よろこ》びに震えた。

「寒いのか？」

「いいえ……」

「それなら、感じているのか？　男の手で身体を撫でられて」

千浦は頷いた。寒いどころか、身体はとても熱かった。伏見の手で撫でられるだけで、興奮が増していく。

「気持ちよくて……すごく……」

腰骨のあたりから脇腹へと撫でられる。一番感じる場所にこれだけ近いのに、まだ撫でてくれないことにもどかしさを感じる。千浦は思わず自分の股間へと手を伸ばした。

「ダメだ。まだ触るな」

「だって……我慢できない」

「まだだ。自分で触るより、私の手で触ってほしいだろう？」

一瞬、千浦はなんと答えようかと思った。本心では触ってほしい。けれども、そんなことを口にしていいのかと思ったのだ。伏見になんと思われるのかが怖かった。男のくせに男に触れてほしいなんて、やはりおかしいと思うからだ。

しかし、ここで嘘をついても仕方ない。千浦は伏見の手に委《ゆだ》ねたかった。

「触って……」

千浦は熱い吐息と共に伏見の顔を見上げた。伏見の表情が見たことのないものに変化していく。視線が絡み合うと、伏見も千浦と同じような気持ちになっていることが確かに伝わってきた。

「足を広げてみろ」

千浦は伏見に従った。もう我慢なんかできない。一刻も早く快感の渦に飛び込みたい。

「もっと大きく広げろ」

更に広げると、伏見はその太腿に手をかけ、押し上げた。これで隠れているところはなくなった。足の間にあるものがすべて伏見の前に晒される。性器だけでなく、尻の窪《くぼ》みまで露《あらわ》になっていた。

「さ……触って……」

こんなみっともない格好までしたのだから、なんとしてでも触ってほしかった。

伏見は千浦の太腿を押さえたまま、上半身を傾けた。驚いたことに顔が股間に覆いかぶさる。

「え……えっ……！」

伏見の唇が千浦の硬くなったものの先端に触れていた。千浦は口をポカンと開けたが、何も言えなかった。そんな場所にキスされるとは、まったく思っていなかったからだ。

伏見は口を開いて、先端を覆うようにしてキスをした。柔らかい舌が触れて、千浦は目を強く閉じる。その初めての感覚に身を任せ、酔っていた。

「ああ……っ」

こんなことって……！

千浦は自分の身に起こったことが信じられなかった。性器に触れて擦るだけでも気持ちいいのに、それ以上の快感があるとは思わなかった。

口づけられ、舌で丁寧に舐められている。伏見の口の中に覆われているその部分に、すべての神経が集中しているようだった。千浦は無意識のうちに腰に力を入れ、伏見のほうに押しつけようとしていた。

伏見もそれに応えるように、もっと奥のほうまで口の中に含んだ。背中から首の後ろにかけて、ちりちりと熱い何かを感じた。

もう、たまらなかった。我慢できずに、千浦は腰を揺らす。もっと気持ちよくなりたいと、それだけしか考えられなかった。

伏見はそれを口に含んだまま頭を動かした。彼の唇が手で刺激する以上のものをもたらしていく。

千浦の頭の中は沸騰しそうなくらい熱くなってきた。

少なくとも、これ以上の快感を千浦は経験したことがない。身体の奥から湧き上がる熱いものに満たされてしまいたい。千浦は全身を震わせて、欲望のままに昇りつめていく。

「あぁぁっ……」

背中をぐっと反らして、そのときを迎える。熱い衝撃が背筋を走り抜けていった。

今まで味わったこともないふわふわとした感覚に身を任せ、千浦はしばし呆然としていた。

伏見がそっと唇を離すときになって、千浦はハッと我に返った。自分が伏見の口の中で果てたことを思い出したのだ。

慌てて身を起こそうとしたが、伏見の手が押し留《とど》める。

「伏見さん……！　僕……そんなつもりじゃなかったのに……」

伏見は唇を歪《ゆが》めて笑った。

「君はどんなつもりだったんだ？」

そう訊かれても答えられない。ただ、自分の欲望のことしか考えていなかったからだ。

「ごめんなさい。あなたの口を汚すつもりじゃなかったのに……」

「それは別に構わない」

彼は怒っていてもおかしくないはずだが、そうではなかった。千浦は彼の態度に戸惑っていた。

「だが、君が悪かったと思うなら、償いをしてもらいたい」

「償い……ですか。どうすればいいんですか？」

伏見は再びニヤリと笑った。

「私の命令に従えばいいだけだ」

千浦は息を呑んだ。彼はどういう命令を下すつもりなのだろう。

不安はあったが、伏見の言うことは拒めない。彼の美しく整った顔を見ていると、自分が欲望に呑み込まれてしてしまったことがとても汚らしく思えてくる。

千浦にとって伏見は大事な存在だった。彼のすべてを理解することはできないが、せめて彼のためになることをしたい。彼が望むことなら、なんでもしたかった。

「獣のように四つん這いになれ」

そういえば、さっきから伏見は獣という言葉にこだわっていた。彼が怒ったのは、動物とテレパシーで会話ができると言ったときからだったような気がする。ともあれ、千浦は彼の命令どおりにベッドの上で四つん這いになった。

「これで……いいですか？」

「ああ、とてもいい」

伏見は剝《む》き出しの尻を撫でた。いきなり身体に触れられて、千浦は驚いてビクンと震えた。

一体、彼は何をする気なのだろう。千浦は満足していたから、もうこれで終わりだと思っていたが、もし伏見が千浦のような欲求を持っていたなら、これから何かが始まるのかもしれない。

何かって……何が？

千浦は伏見の目の中にあった欲望の光を思い出した。彼は大人の男だ。キスだけで感じてしまう千浦とは違うだろうが、彼もまた衝動を抑えられないのか。

「君は細すぎる。痩せすぎだ。肌の色も白すぎる」

伏見の唇が背中に触れる。

「あ……っ」

彼の唇が触れた部分が熱く感じられる。今、満足したばかりのはずなのに、身体がまた反応していた。

どんなに自分を抑えようとしても、伏見の唇が背骨に沿って移動していくと、身体を揺らしてしまう。

千浦はギュッと目を閉じた。手足に力を入れ、身を捩《よ》じらせまいと我慢する。

伏見の唇は腰に到達する。そして、そこに吸いつくような口づけをしてきた。

「やっ……ぁっ」

「嫌じゃないくせに」

思わず洩らした声に、伏見は冷たい言葉を放った。

確かに嫌じゃない。とても感じるキスだった。だからこそ、千浦はそれをうっとりと受け入れるわけにはいかなかったのだ。

股間のものが次第に強張ってくる。千浦の手足は震えていて、じんわりと汗をかいていた。

伏見は腰の窪みに舌を差し込んでくる。

「そこは……っ」

嫌だと言ったら、また嫌じゃないくせにと言われるのだろうか。千浦は唇を嚙み締めた。

伏見は何をしようしているのだろう。想像もつかないが、千浦は彼の与える刺激に早くも降参したい気持ちになっていた。

「足を開きなさい」

「でもっ……」

「私の命令に従うようにと言ったはずだ」

そうだった。伏見の口を汚したのだから、償いをするべきだった。

千浦はそろそろと両足を開いていった。

「もっとだ」

自分が取っているポーズを考えると、眩暈《めまい》がするほど恥ずかしかった。千浦は目を閉じ、じっと静止する。

「……いい子だ」

伏見はペットにでもするように背中を撫で、広げた足の中央にある窪みに舌を這わせた。

ビクンと大きく腰が揺れる。下からすくい上げるように舐められて、千浦は今まで感じたことのない感覚を味わった。

そんなところを舐められるとも思っていなかったし、舐められて気持ちいいなんて想像もしていなかった。

ああ、でも……。

千浦はたまらず頭《かぶり》を振った。下腹から這い登ってくる快感をなんとか振り払おうとしたが、とてもできなかった。

股間のものは完全に硬くなってしまっている。痛いほど強張っていて、このままでは耐えられそうになかった。

伏見はなんのためにこんなことをしているのだろう。これが償いになるのだろうか。千浦は気持ちいいが、そのためだけにしているとも思えない。それでは償いにならないからだ。

両手で腰を摑まれ、唇にキスするように丁寧に舐められている。千浦はシーツを摑んだものの、快感の渦に引き込まれようとしている自分を止めることはできなかった。伏見に舐められている部分がバターのように蕩けていく。すでに両手も両足も力が入らなくなっていた。

伏見は顔を上げると、今度はそこを指で撫でた。千浦はガクンと肘《ひじ》をついた。すると、腰が高く上がってしまい、ますますみっともない格好となる。

伏見は千浦の腰を摑んでいた手を前にやり、下腹にそっと触れてきた。軽く撫でた後、硬くなった股間のものを緩く握る。そんなことをされれば、千浦は何もかも拒絶できなくなってくる。ただ伏見のすることに従うしかなかった。

もちろん拒絶できるような状態ではすでになかった。前後の敏感な部分を伏見に自由に弄《もてあそ》ばれて、千浦の頭は霞がかかったように何も考えられなくなっていた。

下半身にも力が入らない。ふと、伏見の指に撫でられていた部分に違和感を覚える。何かが内部に突き立てられていた。

千浦はハッと気がついた。その『何か』は伏見の指先だった。しかも、次第に奥へと侵入してきている。

「や……やだっ……。伏見さん！」

千浦は怖かった。どうして伏見がこんな真似をするのか判らなかったし、それ以上にこの行為そのものが怖かった。

「痛い……。痛いです。やめてくださいっ」

涙声になりながら、千浦は必死で伏見に頼んだ。しかし、伏見は無視して指を奥へと入れていくだけだった。

「痛いだけか？」

「え……？」

千浦は伏見の言葉の意味を考えてみた。そして、自分の身体の内部に神経を集中させる。

指をねじ込まれて、最初は痛いと思った。けれども、奥まで入れられた今は、変な感じがするだけだった。

伏見は指をゆっくりと動かし始める。途中まで引き抜き、また奥まで差し入れる。何度か繰り返されるうちに、千浦の身体は痛みとはまったく違う感覚を覚えるようになっていた。

「あっ…あっ……なんだか……すごく……身体が……」

身体の内側から燃え上がっていくようだった。指が内部に擦れていって、その刺激が快感となっていた。

我慢できずに腰を動かしてしまう。とにかく、たまらなかった。ここまでの刺激を受けたのは初めてで、千浦はすっかり惑乱していた。

伏見の長い指が千浦の中を探っている。伏見にはすべてを晒したと思っていた千浦だったが、まだその先があったことを知った。もういっそ、何もかも伏見に委ねてしまいたい。乱れる自分を伏見に預けたかった。

伏見なら、今している行為の先にあるものを知っている。そして、そこへと導いてくれるに違いない。

それがなんなのかは判らない。だが、これ以上のものが待っているような気がしてならなかった。

指が二本に増える。しっかりと奥の奥まで差し入れられたが、千浦の中の炎はまだ中途半端なところで燻《くすぶ》っていた。

もっと感じたい。もっと気持ちのいいことをしたい。

欲望が膨れ上がる。それを止めるすべを千浦は知らなかった。目の前のシーツを掴み、ただ腰を揺することしか思いつかない。

ふと、千浦の中から指が出ていってしまった。途端に甘い陶酔感はじんわりと消えていく。千浦はボンヤリした頭で、これから何が起こるのだろうと考えた。

「伏見…さん……？」

千浦は振り向こうとしたが、いきなり乱暴に腰を両手で摑まれた。甘く熟れた場所に何か硬いものが押し当てられる。

それが予告もなく内部へと押し入ってきた。

「ああっ……伏見さん！」

指どころではない。あまりの痛さに振り向き、千浦は愕然とする。千浦は伏見にのしかかられていた。

伏見の腰が千浦の腰に重なり、繋がっている。伏見が興奮していることは判っていたが、そこまでとは思っていなかったし、その硬くなった股間で貫かれるとは思わなかった。だが、指とは大きさが違う。千浦は引き裂かれるような痛みを感じた。

「足をもっと広げて、私を受け入れるんだ」

「そんな……！　ダメ……です」

「ダメじゃない。私の命令に従え！」

痛くて涙が流れた。しかし、どのみち逃げることはできない。千浦は唇を噛み締め、言われたとおりに足を広げて、伏見が奥まで侵入してくるのを迎えた。

最後の最後でぐいと突き入れられ、千浦は呻いた。気持ちよくて夢心地だったのに、千浦は現実に引き戻された気がしていた。

いや、これが現実とは認めたくない。現実にしてはひどすぎると思うからだ。

「どうだ。獣にふさわしい番《つが》い方だろう？」

伏見は冷たい声で尋ねてきた。千浦は何も言えず、ただ頭を振った。

身体の内部が伏見に占領されていて、動くこともままならない。息もできないほど苦しくて、何も

考えられないほどだった。

だが、きっとこれこそが償いなのだ。だとしたら、甘んじて受けなければいけない。

千浦にとっては、伏見は絶対の存在となりつつあった。命令されたせいだろうか。それとも、こんな格好で這いつくばらされたせいで、肉体ごと征服された気がするからだろうか。いずれにしても、千浦は伏見には逆らえなかった。

伏見は千浦の腰を摑んだまま、ゆっくりと腰を動かした。

「あ……」

徐々にだったが、痛みや苦しみ以外の感覚が戻ってくる。これほどの容量のものが中を占めているのに、とても不思議だった。甘い快感が甦ってきた。

次第に伏見の動きは速くなってくる。千浦はそれに合わせて、自分の腰まで動くのが判った。

「ああっ……あん……あっ」

伏見が我が物顔に自分の中を行き来する度に、我慢できずに声を上げてしまう。もう、何がどうなっているのか、訳が判らない。理屈なんてどうでもいいから、千浦はこの行為の行き着く先を知りたかった。

するりと、伏見の手が千浦の股間に触れる。復活して硬くなったものを握り、刺激してくれた。千浦の身体の中で荒れ狂っていた熱い衝動の通り道が、やっと見えたような気がする。

熱いマグマが噴き上げるように、身体の奥からぐっと何かがせり上がっていく。もう我慢ができない。千浦はシーツをギュッと握り締めた。

全身に力が入る。すると、今まで感じたことのない心地いい解放感が訪れた。天国をさ迷うような気分だった。あまりの気持ちよさに頭が朦朧としてくる。

だが、それも一瞬のことで、伏見がぐいと腰を押しつけてきて、千浦は我に返った。自分の内部で熱いものが弾《はじ》けるのが判り、子供の頃に受けた性教育の中身が頭に浮かぶ。

本来なら男女がする営みを、今、伏見と共にしたのだというこことに気がついた。

獣のような番い方……。

伏見が言ったことは当たっているのかもしれなかった。


その夜、千浦は伏見のベッドで彼と共に眠りについた。

結局、伏見が何を怒っていたのか判らない。彼は話そうともしなかったし、千浦もとても訊く気にはなれなかった。身体を離した後、汚れた部分を拭《ふ》いてくれたが、優しいとは言えない態度だった。

しかし、冷たい素振りも見せなかった。

ただ、淡々としていた。謝ることもしなかった。もちろん謝ってもらっても困る。千浦は伏見とキスをしたかったし、それ以上のこともしたかった。後は成り行きで、千浦があんな目に合ったのも、自分が償いを承知したからだ。伏見に非があるとは言えない。無理やりにされたことではなく、千浦も楽しんだからだ。

あんなに気持ちいいなんて、想像したこともなかった……。

千浦はベッドの中でうっとりと思い出していた。性行為には無知だったが、気持ちいいことが嫌いな人間はいないだろう。その相手が伏見なら尚更《なおさら》だった。

今も伏見の心の中は判らない。けれども、伏見にどんどん惹《ひ》かれていく自分がいる。理解できなくて、彼の言葉や行動に惑わされるから、余計に気になって仕方ない存在となっているのだ。

伏見のことがもっと知りたい。もっと信じてもらいたい。もし彼に何か困ったことがあるのなら、自分の持っている力が役に立つかもしれない。

千浦は寝返りを打ち、伏見のほうを向く。伏見はすでに眠りについていた。いつまでも興奮して眠れないのは千浦だけだった。

千浦はそっと伏見の腕に触れた。あれだけ親密な行為をしたのだから、少しくらい身体に触れても構わないだろう。それに、彼は眠っている。今だけ、ほんの少しだけ触れていたい。

彼の温もりが手を通して伝わってくる。千浦は微笑み、目を閉じた。

『獣……！』

千浦の頭の中に嫌悪に満ちた声が飛び込んできて、驚いて目を開けた。

ここには伏見と千浦の他には誰もいない。植物も伏見の部屋にはいなかった。まして、他に動物がいるわけでもない。

千浦は伏見に目を向けた。ひょっとしたら、彼の心の声が聞こえたのかもしれない。伏見とは不思議な繋がりがあるから、そういうことも考えられる。

千浦は彼の腕から手を離した。だが、思い直して、また触れる。

他人の心を覗くようなことはしたことがない。したくても能力がなくてできないが、もしできたとしても、覗き見したいと思ったことはなかった。

だが、伏見のことは知りたい。この間の夜、彼はこのベッドでうなされていた。今も、彼は何か苦しい夢でも見ているのかもしれない。それなら、原因を取り除いてあげたい。彼を楽な気持ちで眠りにつかせたかった。

目を閉じて、伏見に触れている手に集中する。

千浦の閉じた目に、品のいい女性の姿が見えてきた。言葉が聞こえるのではなく情景が見える。女性は歳《とし》を取っていた。上品だが、冷たい目をしている。いや、嫌悪に顔を歪め、自分へと差し出された小さな手を乱暴に打ち払った。

手に痛みが走る。これは子供の頃の伏見が経験したことかもしれない。彼女は伏見の祖母なのだろうか。だが、どうして祖母が孫にこんな仕打ちをするのか、千浦には判らなかった。

千浦の父方の祖母は早くに亡くなっていたが、母方の祖母は千浦が小学校に上がる歳までは生きていた。いつも優しくて、怒ったところなど一度も見なかった。祖母はそういうものだと思っていたのに。

伏見の祖母は怖い顔をして椅子《いす》に座っている。その顔を見るだけで、千浦は子供の伏見と同化したように恐ろしくなり、途端に集中できなくなっていた。

頭の中の映像が消える。千浦はそっと目を開けた。伏見の寝顔はあの女性とどことなく似ている。なんだか胸が痛んできて、伏見の腕からそっと手を離した。

やはり秘密を覗き見している罪悪感から逃れられないし、何より彼の心の痛みをこれ以上、探り出したくなかったからだ。

誰かに嫌われるなんて、それだけでも恐ろしい。それが身内の人間だなんて、想像もしたくなかった。

千浦は伏見に身を寄せた。できることなら、彼の苦しみを消してしまいたい。どうせなら、そんな能力が欲しかった。しかし、それができない以上、千浦は現実の世界で彼の心を慰める存在になりたいと思った。

具体的にどうすればいいのか、見当もつかないが。

ともかく、眠ろう。彼と共に。彼の温もりと共に。そうすれば、何か名案が浮かぶかもしれなかった。


それから毎夜、伏見は千浦をベッドに誘うようになった。

それは一緒に寝ようというだけでなく、あの行為をしようという誘いでもあった。千浦は嬉しかった。行為そのものが気持ちいいこともあったが、伏見も千浦と同じように考えてくれたことが嬉しかったのだ。

獣という言葉であんなに怒ったときとは違い、伏見はベッドの中では優しかった。ベッドの外の日常生活では、相変わらず素っ気なかったり冷たかったりするが、夜だけは違う。それもまた千浦が嬉しい理由でもあった。

行為が終われば、一緒のベッドで眠る。千浦はそれも楽しみだった。まだ伏見は千浦を信用していないようだったが、こうして一緒に眠っているうちに、いつかは信じてくれると思う。千浦はそれを期待していた。

ある夜、千浦は眠っていたが、伏見の唸《うな》る声で目を覚ました。

伏見が悪夢にうなされている。しかし、この間とは違う。もっとひどいうなされ方だった。

千浦は身を起こし、彼の肩をそっと揺すった。それでも、目を覚まさない。顔を苦痛に歪め、恐ろしい唸り声を発している。

一体、どんな悪夢を見ているのだろう。千浦は怖くなってきた。

「伏見さん！　伏見さん……！　起きてください！」

もう少し乱暴に肩を揺すってみた。すると、伏見がパッと大きく目を見開いた。

「よかった。伏見さん、うなされていたんですよ」

千浦はホッとして伏見にそう話しかけた。だが、伏見の様子はどこか違う。普段の彼の表情とは違う。妙にギラギラとした目つきで、千浦を睨みつけていた。

驚いて、身を引こうとした。その瞬間、伏見の両腕が伸びてきて、千浦の喉を締め上げていた。

嘘……！

千浦は動転していた。彼はまだ寝ぼけているのだろうか。悪夢の世界にまだいて、千浦を敵だと思い込んでいるのか。

千浦は手を引き剝《は》がそうとしたが、力が強くてできない。次第に意識が薄れていく。千浦の目には、尋常でない様子の伏見が映っていた。

伏見さんが……？

違う。彼じゃない。彼ではあり得ない。

自分の首を絞めているのは人間ではなかった。黒い体毛に全身を覆われた化け物だった。

いや、獣だ。これは獣だ。

千浦は現実と夢の区別がつかなくなっていた。混乱する頭はすでに酸素が足りない。千浦はなんとか息をしようと、口を開いた。そして、意識を失った。

目を開けたとき、伏見が千浦の頰《ほほ》を叩いていた。

「よかった……！　気がついたか」

千浦はまばたきをして伏見を見つめた。伏見はいつもの彼の姿をしていて、意識を失う寸前に見た獣とは違っていた。いや、それが当たり前なのだ。自分が見たものが何かの間違いだったに違いない。

それとも、あれは夢だったのか……。

千浦は喉に手をやった。絞められた感触がまだはっきりと残っている。あれは夢ではなかった。夢なら、伏見がこうして心配そうな目で自分を見ているはずがない。

「すまない。こんなことをするつもりじゃなかったのに」

千浦は伏見が謝るのを初めて聞いた。いつも素っ気ない態度を取る彼は、千浦を初めて貫いたときでさえ謝ったりはしなかった。

「いいえ……。大丈夫です」

千浦の声は掠れていて、少し咳《せ》き込んだ。伏見は千浦の背中を優しく撫でてくれる。いつもはこんなことをしてくれないから、首を絞められたとはいえ、千浦は嬉しかった。

「何か飲もう。パジャマを着なさい」

千浦はベッドの下に脱ぎ捨てられたパジャマを見て、赤面した。パジャマはいつもベッドに入る前までしか身につけていない。すぐに伏見に脱がされてしまうからだ。

千浦は散らかっていたものを手早く身につけた。伏見はパジャマのズボンだけ穿《は》き、後は素肌の上に薄手のガウンをまとう。それをちらりと見て、千浦は慌てて視線を逸らした。

欲望を感じている場合じゃない。伏見は悪夢を見ていて、それが原因で千浦の首を絞めたのだ。できれば、伏見の夢の内容を知りたかった。ただ、それを訊いても、伏見が答えてくれるかどうかは判らないが。

二人で一階のリビングに移動し、千浦はソファに座らせられた。伏見はサイドボードからブランデーを取り出し、グラスに注ぐ。

「飲みなさい」

「え……僕、酒は飲んだことなくて」

伏見は嫌な顔をしたが、キッチンに行って、ミネラルウォーターをグラスに注いで戻ってきた。

「ありがとうございます」

千浦はすぐにグラスの中身を飲み干した。もう一度、喉に手をやる。大丈夫そうだった。

伏見は千浦の横に座り、ブランデーのグラスを傾けた。ガウンの合わせ目から素肌が覗く。千浦は自制しようと、自分のパジャマのズボンをギュッと握った。

「あの……伏見さんはどんな夢を見ていたんですか？」

伏見はグラスを持つ手を止めた。

「そんなことは君には関係ない」

いつもの冷たい口調だった。伏見がそういうふうに言うことは予想がついていたが、やはりここで引っ込むわけにはいかない。

これは伏見のためでもある。千浦は自分の好奇心を満足させるために尋ねているわけではなかった。

「でも、僕は首を絞められたんですよ。訊く権利があると思うんです」

「権利だと？」

伏見の声は不機嫌そうなものに変化した。権利とは、自分でも言いすぎだと思ったが、彼が千浦の首を絞めたことを少しでも悪いという気持ちがあるのなら、話してくれるかもしれなかった。

「ひょっとしたら……誰かに話せば気が楽になるなんてことはありませんか？　その……僕の能力で手助けできるかもしれないし」

伏見はブランデーのグラスを手の中で弄んでいたが、やがて口を開いた。

「……あれは呪《のろ》われた血のせいなんだ」

「呪われた……血？」

意味が判らず、千浦はその聞き慣れない言葉を繰り返した。

「君が持っているのは、透視能力と微弱なテレパシー能力だったかな」

「透視能力については、ある程度の自信があります。井崎さんの言っていたのが本当なら、世界でもめずらしい突出した力、ということですから」

「そうだろうな。君はページをめくらなくても本が読める」

「伏見さんはもっと僕の力を利用すればいい。掃除や洗濯をするより役に立てます。たとえば、会社の業績も伸ばすことができると思います。産業スパイのようなこともたぶんできると思うし……僕はもっともっとあなたの役に立ちたい」

伏見は驚いたような顔で千浦を見た。

「君は確か研究所で実験動物のように扱われることを嫌がっていたと思うが」

「はい……。そのとおりです」

伏見がそれに気がついたのも、二人の間がテレパシーで繋がっていたからなのだと思う。

「それなら、何故、君は私のためにそこまでしようと思ってくれるんだ？　恩返しのつもりなのか？」

「だって……約束したから。あなたのために、できる限りことはすると」

千浦は顔を上げて、伏見の目を見つめた。二人の間に何か表現しがたい感情が高まっていくのが判る。胸が熱くなったが、欲情しているわけではない。不思議な温かい感情が互いに向けられていた。

しかし、伏見はその感情を意志の力でねじ伏せる。千浦にはそれがはっきりと感じられた。

千浦はガッカリした。今、とても幸せだと思ったのに、伏見はそれを自ら踏み躙《にじ》ってしまったのだ。二人の間に同じ感情が流れていたのに。

伏見は視線を逸らし、感情のこもらぬ声でポツリと言った。

「それなら、私の呪われた血の謎《なぞ》を解いてほしい」

彼は感情を抑えつけたが、それでも千浦のことを信じてくれようとしている。千浦は彼の期待に応えたいと思った。

「判りました。でも、その前に呪われた血の説明をしてもらわなくては」

「ああ、そうだな……」

伏見はブランデーの残りを飲み干し、もう一度、グラスに注いだ。言いにくそうにしているから、本当は言いたくないのだろう。しかし、わざわざ千浦を自分の家に引き取ったのは、何かその秘密と関わりがあることじゃないかと思う。

「私の一族の男子には秘密がある。強い怒りを感じると……理性を失《な》くした獣に変身するんだ」

それを聞いたときに、千浦は即座にあの黒い獣のことを思い出していた。

やはり、あれは見間違いや幻ではなかったのだ。確かにあの場所に存在していた。伏見が変身して黒い獣となっていたというわけか。

そして、伏見が獣という言葉に過剰に反応していた理由も判った。千浦が動物か植物相手でないとテレパシーで会話できないと言ったから、秘密を暴かれたような気がして怒ったに違いない。

「獣に変身すれば、鋭い爪《つめ》や牙《きば》で誰かを傷つけてしまう。だから、私は幼い頃から感情を抑える訓練をされてきた。それでも、危うく獣になりかけたことは何度かある」

その訓練をしていたのは、恐らく彼の祖母だろう。けれども、それは彼にとって過酷なことだったと思う。何故なら、彼の祖母は獣になる孫を嫌っていたからだ。

千浦は胸が締めつけられるような気がした。

「獣人化現象を研究してもらうために、私はあの研究所のスポンサーになろうとしたんだ。君を引き取ったのも、実はそのためだった。君にしてみれば、獣に変身するなんて話は信じられないだろうが……」

「そんなことないです！　植物と話をしたり、ページをめくらなくても本が読めるのだって、普通の人から見れば信じられないことですし」

千浦は伏見が自分と同じだとは言わなかった。彼には何か普通の人間とは違うところがあると前から思っていたし、自分と共通点があるはずだと思っていた。しかし、自分と同じだと言い切ってしまえば、伏見が気の毒になってくる。千浦は研究所の人間から、化け物のように思われていたからだ。

自分は化け物と呼ばれても、伏見にはそんな言葉はふさわしくない。伏見の身体がある条件下で獣に変身するのだとしても、彼の祖母のように嫌悪したくなかった。

「テレパシーも透視も、他人を物理的に傷つける可能性はないだろう？　それに、他人と距離を置く必要もない。結婚だって、したければできるだろう。私は自分の血を受け継ぐ子供なんて、絶対に欲しくない」

伏見の心の闇は、千浦が考えていたよりずっと深かった。彼がいつも冷たく素っ気ないのは感情的にならないようにするためだ。そして、千浦を何度も抱くのは、決して子供ができないからだったのだ。

もちろん、彼には欲望がある。それが千浦に向けられているのは確かだったが、もし彼が結婚できるのなら、とっくにしていただろうし、千浦を相手にする必要もなかっただろう。

千浦は悲しかった。秘密を教えてくれたが、それでも彼は自分の心の内に千浦を入れようとはしてくれない。身体の接触もただの欲望のはけ口に過ぎなかった。そう思うと、伏見とこうして暮らしていても、自分はやはり独りぼっちなのだという気持ちが強くなってくる。

いや、今は自分のことはいい。伏見を救うために、何ができるか考えてみよう。秘密を教えてくれたのだから、彼に千浦を信じてくれる気持ちがあったということなのだ。だから、その信頼に応えよう。

「僕にあなたを透視させてください」

自分の力が役に立つかどうか判らなかったが、とにかくやってみるしかない。

「いいだろう。やってみてくれ。他の人間とどう違うのかが知りたい。獣になるメカニズムが判れば、もっといい」

彼の究極の望みは、きっと獣になる要因となるものを取り除きたいということだろう。しかし、遺伝的に受け継いだものを排除できるのだろうか。

千浦は戸惑いながらも、なんとか自分をコントロールしようとした。集中しなければ、何もできない。

伏見が座るソファの真正面に立つ。そして、自分の心を落ち着け、彼の身体の内部に集中した。すると、身体が透けたように内部が見えてくる。

これは研究所で何度かやったことがある。それを思い出しながら、丁寧にひとつひとつ細部まで見ていく。しかし、以前、自分で申告したとおり、千浦には医学的知識がない。比べるのも、記憶の中にある他の人間の内部だけだった。

変化のメカニズムが細胞や遺伝子レベルの問題ならば、千浦はそこまで見られない。それこそ、どこかの研究所でやってもらわねば、無理だった。だが、きっと伏見はそこまで他人を信用できないに違いない。千浦に打ち明けたのでさえ、やっとのことだったのだ。

やがて、千浦は透視を終える。大きく息を吐くと、軽い眩暈を感じた。あまりに神経を集中させすぎたようだった。

「どうだ？」

伏見はぶっきらぼうに尋ねた。まるで結果を期待していないかのように。

「……すみません。他の人と違いはないと思います。少なくとも、僕の目にはそう見えます」

彼は何も言わなかったが、落胆している雰囲気は伝わってきた。千浦は彼の期待に応えられないことが悔しかった。それでも、なんとか彼の力になりたいと思う。

「遺伝的要素はあるにしても、僕と同じで、それはあなた自身に備わった特殊能力なんじゃないでしょうか。だとしたら、それを呪いと受け止めることはないと思います。自分をコントロールして……」

「そんなことは、とっくにやっている！」

激しい口調で言われて、千浦は何も言えなくなった。伏見は怒りに我を忘れないようにするためか、息をそっと吐く。

「今までできる限りのコントロールをしてきた。それなのに、あんな夢なんかで簡単に我を忘れてしまった。私はもう少しで君を殺していたかもしれないのに」

伏見が恐れているのも、嫌悪しているのも、自分自身だった。夢の中まで誰もコントロールはできない。伏見は自分を信じることもできなくなっていたのだ。

「でも……僕は生きてる。あなたは自分を取り戻したんだから、そんなに責めなくても」

「まだ完全に変身していなかったからだ」

冷ややかな声でそう言われて、千浦は黒い獣のことを思い出した。獣のようではあったが、形はまだ人間だった。あれが完全に変身したら、どうなるのだろう。

「あのまま悪夢に囚われていたら、君の喉に噛みついていたかもしれない。あるいは、爪で切り裂いて……」

「伏見さん！　実際には起こらなかったことを想像するのはやめてください！　あなたは自分を取り戻した。あなたの理性が勝ったんです！」

彼の言葉は自分を傷つけるだけだ。千浦はこれ以上の傷を彼に負わせたくなかった。

「理性など……！」

伏見は吐き捨てるように言った。彼の気持ちが判るだけに、千浦は彼を苦しめたくなかった。

「伏見さん……」

「君はなんの役にも立たない」

彼の言葉はただ冷たかった。突き放され、千浦は呆然とした。

自分でも役に立てなかったことは、よく判っている。けれども、伏見が千浦を引き取ったのは、獣人化現象の謎を探らせたかったからだ。それが最大の理由なのに、果たせなかったことで、千浦は負い目を感じた。

僕は役に立たない……。

せめて誰かの役に立つことが、千浦の心の拠《よ》りどころとなるのに。それができなければ、自分はどうしてこんな能力を持っているのだろう。研究されるだけしか意味のない能力のなら、どうして自分は生まれてきたのだろう。

伏見が立ち上がり、そっと近づいてきた。そして、うつむく千浦の肩に手を回す。

千浦は恐る恐る顔を上げた。伏見の表情には千浦を傷つけたことに対する後悔の念が表れていた。

彼が謝ることはほとんどない。しかし、彼に感情がないわけじゃない。それどころか、本当は優しさを知っている人間ではないかと思う。何故なら、彼自身が傷つくことを知っているからだ。

「千浦……」

その先の言葉を呑み込むようにして、千浦に自分の唇を重ねてきた。

その瞬間、彼の心が流れ込んできた。

彼は冷たくなんかなかった。素っ気なくもない。溢《あふ》れるような温かな感情が流れていて、それが千浦のほうへと寄せてくる。千浦はそれにからめとられて、息もつけなくなっていた。

だが、それは唐突に断ち切られる。一瞬、恐れにも似た感情が過《よ》ぎったかと思うと、伏見は口づけをやめて、千浦の肩を押しやった。

「今夜は自分の部屋で寝るといい」

それは命令だった。伏見はくるりと背を向け、リビングを出て、階段のほうへと上がっていく。千浦は一人、取り残されて、途方に暮れていた。

千浦には伏見の心が判らなかった。触れ合えたと思っても、すぐに掴めなくなる。その繰り返しで、今もそうだった。彼の本当の感情に包まれたと思ったが、その途端、向こうから拒絶してきた。

冷たくされたくなかった。優しくしてもらいたかった。彼の笑顔が見たい。身体と同じように心もひとつになりたい。

彼のすべてが欲しい……！

千浦は身体の底からその欲求が湧き上がってくるのを抑えられなかった。

ああ、僕は彼を……。

好き。という言葉はもはや当てはまらない。それより深い愛情を千浦は抱えていた。けれども、その愛は決して返されることはない。伏見が千浦を抱いていたのは、都合のいい相手だったからに過ぎない。

なんの役にも立たないとも言われた。事実、彼のために、なんにもできなかった。

一体、彼を救うには、どうしたらいいのだろう。

千浦はそっとソファに腰を下ろした。

次の日、伏見は昨夜のことなど何もなかったように振る舞っていた。だが、今までとは違うことは、よく判っている。もう、彼は千浦とベッドを共にすることはないだろう。

たとえ抱いたとしても、一緒に眠ることはない。千浦は再び孤独に陥った。植物は千浦に温もりをくれることはない。千浦が欲しいのは伏見だけだったから。

夜になり、伏見が寝入った頃を見計らって、千浦は彼の寝室の扉をそっと開いた。もし伏見が起きたら、きっと怒るに違いない。それが判っていたから、足音を立てないようにベッドに忍び寄る。

伏見は寝顔を見つめる。端整な面差しには獣の顔の名残もなかった。

千浦は彼の夢の中に入ってみようと決めていた。悪夢の正体を見届けたい。以前、彼の夢に触れたときは、祖母に嫌われていることしか判らなかった。けれども、彼の秘密を知った今なら、もう少し詳しく分析ができるかもしれない。

悪夢の正体が判れば、彼の悩みがひとつ減る。獣人化現象の謎は解けなくても、何か少しでも彼の役に立ちたかった。

もちろん伏見のプライバシーを侵害することになるのだが……。

勝手に心の中を覗かれたら、伏見は怒るだろう。普通はそうだ。それなら、許可を取ればいいのだろうが、千浦を役に立たないと言った伏見がそれを許すだろうか。それに、悪夢から彼を救うヒントを見つけられなかったら、伏見はなんと言うだろう。そう思うと、千浦は夢の中に入らせてくれとは頼めなかった。

だが、これが彼のためになることだと確信している。心の深いところまで触れてみて、彼を助けたかった。

ふと、伏見の表情が変わる。また悪夢が始まったのだ。何かにとても苦しんでいる。千浦は胸が締めつけられるような気がして、すぐにでも起こしたくなる。

いや、ダメだ。彼が本当は何に苦しんでいるのか、それを確かめなくては。

千浦は彼の隣にそっと身を横たえた。思ったとおり、悪夢を見ているときは、彼はちょっとのことでは目を覚まさない。

千浦は彼の胸に手を当てた。明らかに悪夢を見ているのに、その中に入っていくことは怖い。夢の中に取り込まれて、戻ってこられなくなるかもしれないと思うからだ。

だが、伏見のためだ。伏見の心の負担が少しでも軽くなるなら、怖い目に遭ってもいい。

千浦は伏見の心の中に集中した。

伏見の夢の中にはあの厳格な祖母がいた。この前の夢より鮮明に見える。彼女はゆったりとした籐《とう》椅子に座り、膝の上の幼い伏見におとぎ話を語りかけていた。年齢はまだ小学校に上がる前くらいだろうか。

『あなたのおじい様はね、醜くて大きな獣になったのよ』

いや、違う。これはおとぎ話なんかじゃない。

『この一族の男はみんなそう。これは呪いなの。永遠に解けない呪いよ。伏見家は呪いの血を受け継いでいるの。その呪いに負けて、みんな死んでいくのよ』

彼女が話していることこそ、幼い伏見に植えつけた呪いだった。遺伝で引き継がれる変身能力を彼女が呪いと言い換えて、伏見に恐怖を与えたのだろう。

『あなたのおじい様は何もかも知っていたくせに、私と結婚したの。あの男は化け物よ。私は何も知らずに化け物と結婚させられたの』

上品な顔が醜く歪む。これは怒りのせいなのか、それとも憎しみのせいだろうか。

『あなたのお父様《とうさま》もそうよ。私があれほど言ったのに……。気の毒なお母様ね。よりによって、男の子を産んで死んでしまうなんて！　この私にこんな孫を押しつけて！』

祖母は幼い伏見をじろりと睨む。

『あなたも獣になるのよ。どう？　怖いでしょう？　黒い大きな醜い獣になって、牙や爪で人間を引き裂くの』

本当に彼女はこんな幼い子供に向かって、憎しみをぶつけていたのだろうか。とても信じられない。たった一人の孫だというのに、伏見家の血を引く男子だというだけで、こんな恐ろしい呪詛《じゅそ》の言葉をぶつけられていたなんて……。

場面が変わって、幼い伏見は食事中にスプーンを床に落としてしまっていた。向かいの席で食事をしていた祖母はすぐさま表情を変えた。怖い顔に笑みを浮かべる。彼女と目が合い、伏見が恐怖を感じるのが判った。

『いけない子ね。罰を与えなくては』

伏見は立つように指示され、仕方なく言われたとおりにする。しかし、そんな従順な態度を取りながらも、伏見は彼女が今すぐいなくなればいいのにと思っていた。

彼女は硬い表紙の本を手にしていた。それをいきなり伏見の肩に振り下ろす。千浦にもその痛みが感じられた。

『おまえは反抗的な顔をしているわ。私が嫌いなの？　でも、怒ってはいけないのよ。これは、おまえのためにしていることなんだから』

彼女は次々と戒めの言葉をかけながら、うずくまった伏見の頭や背中を本で殴り続けた。

『おまえはおじい様やお父様と同じよ！　いつか醜い獣に変わる。いつか人間を犠牲にして、その罪の重さに泣くといいわ！』

それはもう躾《しつけ》なんかではなかった。虐待だ。彼女が夫や息子に対してどう思っていたのか知らないが、抵抗できないこんなに小さな孫に対して優しさを見せることなく、彼の将来を呪い、身体と心を傷つけ続けたのだ。

千浦は彼女が許せなかった。伏見が誰にも心を許さず、結婚することも子供を作ることも考えられなくなったのは、すべて彼女のせいだった。

頭の中が怒りでいっぱいになる。……いや、これは千浦の感情ではなかった。伏見自身が夢の中で理性を失くすほど怒りを抱いている。

凄《すさ》まじい怒りが変身する引き金になることを、彼はよく知っているはずなのに。それでも、彼は我慢できずに怒っている。

「ダメだ！　伏見さん！」

いつの間にか千浦はその夢の中の登場人物と化していた。確かに夢の中にいるのに、妙に現実感を伴っている。

目の前で伏見の肉体が変化していく。真っ黒の体毛が全身を覆う。そうして、四つん這いになり、骨格さえも音を立てて人間ではない何かに変わろうとしていた。

恐ろしい大型の肉食獣。しかし、醜いわけではなく、その姿はとてもたくましく、信じられないほど美しかった。黒豹《ひょう》に似たその獣は牙を剝き出し、祖母に襲いかかろうとしている。

「伏見さん……！」

彼にはもう理性がない。怒りに心を占められ、彼女を食い殺すことしか頭にないようだった。

たとえ夢の中でも、それを許してはいけない。伏見が彼女を襲えば、心に傷が残り、一生それを抱えて生きていかなければならない。もしくは、彼女の言うとおり、罪の重さに耐えかねて死んでしまうかもしれない。

千浦は唸る彼の首を後ろから抱きすくめた。

「誰も傷つけちゃいけない！　あなたが傷つくだけだから……！」

滑らかな美しい毛並みに頬を寄せた。すると、彼が胸の内に秘めていた悲しみや憤りがすべて伝わってくる。それは彼が子供の頃から今まで、心の奥にずっと溜《た》めていたものなのだ。

千浦はそれを自分自身の内部に吸収しようとした。悲しい思い出ごと彼から奪って、すべて取り込んでしまえばいい。そうすることで、彼が少しでも楽になれれば、千浦はそれで幸せだった。

代わりに、僕の思い出をあげよう。両親が揃《そろ》っていて、まだ楽しかった毎日を。幸せが当たり前に存在していた日々を。

キラキラと光が舞う。眩しくて目が開けられないほどだった。自分がもうどこにいるのかも判らない。気がつくと、千浦の腕の中には伏見がいた。獣の姿ではなくなった伏見が。

ハッとして目を開ける。そこはベッドの中で、伏見がじっと千浦を見つめていた。

彼が夢から覚めたのだ。千浦は断りもなくベッドに入り、夢の中にまで侵入していたことを思い出した。非難されても仕方のないことをしたが、できるなら怒らないでほしかった。

「あの……ごめんなさい。勝手にこんなことをして」

千浦は伏見の目を見ながら謝った。そして、ふと自分の手がまだ伏見の胸に触れていたことに気づき、慌てて引っ込めようとする。しかし、その手は素早く伏見に摑まれていた。

「あ……」

伏見は千浦の手を自分の口元に持っていき、指先にキスをする。千浦はなんの罰なのかと、それだけで動揺してしまった。しかし、伏見は改めて千浦の目を見つめると、優しく微笑みかけてきた。

千浦の視界が突然、明るくなったような気がした。伏見がこんな笑い方をしたのを初めて見たからだ。

「嬉しかった。君が夢の中まで助けにきてくれるとは思わなかった」

「本当に怒ってないですか……？　勝手に夢の中に押しかけたのに」

恐る恐る千浦は尋ねた。伏見は笑みを口元にたたえたままで頷く。

「あれも君の能力のひとつなのか？　テレパシーの一種？」

「そうだと思います。僕は伏見さんとなら心が通じ合うから、夢の中に入れると思ったんです。実は無断で前にもやってことがあって……。あの女の人、伏見さんのおばあさんですよね？」

「ああ。祖母だ。祖母は私の父を産んだ後、自分の夫が獣になることを知って、半狂乱になったらしい。それからずっと夫を憎み、息子を疎んじてきた。母は私を産んだときに死んだから、あの祖母に育てられてきたんだ」

伏見は恐らく生まれたときから、あの呪いの子守唄《うた》を聞かされ続けてきたに違いない。あれだけの悪意と嫌悪と憎しみを向けられて、なおかつ虐待まで受けていた伏見が、今、こうして真面目で立派な人間として生きていることが奇跡的だと思った。

「変身能力は一般の人間にはないものかもしれませんが、呪われた血なんかじゃないですよ。おじいさんやお父さんは本当に誰かを襲ったりしたんですか？」

「いや……。誰も襲わなかった。感情のコントロールができなくなったときに獣に変身したらしいが、それで誰かを死なせたわけではないし、あの祖母だって病気で死んでいる。牙で嚙まれたわけでも、爪で引き裂かれたわけでもない」

それを聞いて、千浦はホッとした。それなら、祖母が彼に植えつけた考えは真実ではないということだ。獣人化すれば理性が失くなるというのは、彼女の創作に違いない。

「だったら、伏見さんは人前で獣にならないように気をつければいいだけですよ。あなたは変身しても、人を殺したりしない。理性的だし、一度、爆発したとしても、絶対に自分を取り戻すことができる。だから、恐れる必要はまったくないんです」

伏見は眉をひそめた。

「しかし、私は君の首を絞めた」

「でも、僕は死ななかった。それは、あなたに理性があったから。そもそも、獣になれば理性が失くなって人を襲うと吹き込んだのは、誰なんですか？」

伏見の目は一瞬、戸惑いに揺らいだ。それから、何かを閃いたように力強い瞳になり、千浦の目を見つめた。

「祖母だ。私に呪いをかけて虐待したあの祖母だ」

「そのとおりです」

千浦は伏見にニッコリと笑いかけた。変身能力は捨てられないかもしれないが、無駄に恐れる必要はない。彼はいつでも人に心を開いても構わないのだ。

「私は祖母の言葉を夢の中でいつも思い出していた。そして、何度も何度も、夢の中で獣になって、祖母に怒りをぶつけようとしていた。そんなことはしてはいけないという理性と、いつも戦っていたんだ」

そんな悪夢をいつも見ていたのかと思うと、彼の心をどうにかして癒《いや》してあげたくなる。自分にできることはあるだろうか。千浦は伏見の手をギュッと握った。すると、伏見の目が優しくなった。

「もう大丈夫だ。私は今まで自分が夢の中で祖母を殺そうとしていたことを知っていたが、その祖母が私を呪われた存在にしていたことには気づいていなかった。けれども、今ではすべて理解した。祖母を憎むだけの理由が確かにあったんだと判ったときに、私の心は軽くなって、今はすべてが解き放たれたような自由な気分なんだ」

伏見は本当に幸せそうに笑った。それがとても清々《すがすが》しい笑顔で、千浦は嬉しくなる。

伏見に幸せになってもらいたい。それだけが望みだ。彼はこれから他人と交わり、たくさんの友人と共に過ごし、やがて彼のことを理解してくれる女性と結婚をするのだろう。子供は作るかどうか知らないが、それでも平穏な人生が待っている。

その彼の人生の片隅にでも、千浦はいられたらいいと思った。

「今日、生まれて初めて、私は獣になる自分の身体を受け入れられたような気がする。祖母の呪縛から逃れて、自由になったんだ」

伏見は千浦の手を両手で柔らかく包んだ。

「ありがとう……千浦。君はやはり私の妖精だ」

彼から初めて礼を言われた。その感激で胸がいっぱいになる。

「僕はあなたの役に立てましたか？」

「もちろんだ」

視界が涙で霞《かす》んでしまう。こんなことで泣くのは恥ずかしいが、それでも嬉しすぎて涙を堪えることができなかった。

「そんなに泣くな」

伏見は千浦の頬や目元にそっとキスをした。あまりに優しいキスで、千浦は彼に身を寄せたくなってくる。自由になった彼が今も千浦を抱きたいと思っているのかは判らないが、千浦のほうはあと一度くらいは抱いてほしいと思っていた。

しかし、伏見は涙を唇で拭った後、口づけをすることなく、上半身を起こした。千浦は拍子抜けしながらも、伏見に腕を引っ張られて起き上がる。

伏見はまだ微笑を浮かべていた。優しい目つきで、それが伏見を今まで以上に格好よく見せていた。

「千浦……頼みがある」

「なんでしょう」

改めて頼みがあると言われて、妙に胸がドキドキしてくる。一体、何を言われるのだろう。

「これからもずっと私の傍にいてくれ」

「えっ……」

予想外のことを言われて、千浦はポカンと口を開いた。今更、伏見が千浦を必要としているとは、とても思えなかった。伏見の悩みはもう解決したからだ。

「僕なら、その、大丈夫です。あ、今は一人では生きていけないけど、もう少しして世の中のことが判ったら……なんとか一人で生きていけます。……たぶん」

自信はなかったが、彼の迷惑にならないためには、そう言うしかなかった。

「本当に？　君に私は必要ない？」

探るような目つきで尋ねられて、顔が赤くなるのが判った。

「そういうことではなくて……。逆です。あなたに僕は必要じゃない」

「私の意見は違うな。君が必要だから言っている。これからずっと傍にいてくれ」

信じられないことを言われている。千浦は夢心地だったが、なんとか冷静になろうと努力した。どう考えても、伏見はもう千浦がいなくても大丈夫なのだ。

「でも……僕はもうそんなに役に立たないと思うんですけど」

伏見はふっと笑った。

「役に立つとか立たないかとは、もうどうでもいい話だ。いや、もっとはっきり言おうか」

伏見の手が千浦の両肩にそっと置かれる。目と目が合い、温かな優しい感情が二人の間に流れていく。千浦はその中に呑み込まれていきそうだった。

「君が好きだ。……愛している。心の底から」

信じられなかった。だが、伏見は確かにそう言った。

千浦の心臓が激しく動いている。血液が頭のほうにザッと集まってきたのが判った。

「伏見さんが僕のことを……？　本当に？」

「信じられないか？」

「だって、いつも素っ気なかったし」

愛の告白をされて、こんなつまらないことを口にしている自分を、千浦は馬鹿馬鹿しく思った。しかし、確かに伏見は千浦を愛しているなんて素振りは、まったく見せていなかった。それどころか、欲望だけで抱いているとさえ、千浦は思っていたくらいだ。

「恐らく最初、君の目を見たときから惹かれていたんだ。でも、その気持ちを抑えていた。強い感情は危険だとずっと思ってきたから」

それもまた、祖母の呪縛だったのだろう。千浦はそこまで読み取れず、彼には愛情がないと思い込んでいたのだ。

伏見が本当に愛してくれているのだと判って、千浦はやっと胸が喜びではちきれそうになった。思わず伏見の首にしがみつく。

「嬉しい……！」

伏見の手が千浦の背中を撫でてくれる。その仕草も確かに愛情のこもったものだった。

「僕も伏見さんのことが好きです！　愛してます！　初めて目を合わせたときから」

鉄格子の隙間から伏見を見たあのとき、彼とは心が通じるような気がしたのだ。彼は自分にとって特別で、運命をも変えてくれる人だと予感した。

植物は千浦に歓喜の感情を訴えていた。それは千浦を愛してくれる人間が現れたからだったことに、今、気がついた。

「千浦……」

改めて視線を絡ませる。伏見の目は千浦しか見ていなかった。

欲望が下腹から這い登ってくる。下半身が強張ったように痛い。全身の血が熱く滾《たぎ》ってくる。

どちらからともなく、唇が近づき、重なり合った。千浦が唇を開くと、柔らかい舌が入ってきて、絡みついてくる。まるできつく抱擁するかのように強引なキスで、千浦はそれだけで身体を震わせた。

今更ながら、伏見の言ってくれた言葉が頭の中でリフレインする。

『好きだ』『愛している』

長い間、千浦は孤独だった。父が死んでからは誰も愛情なんてかけてくれなかった。それどころか、人間扱いすらされていなかった。植物だけが友達で、その友達も別に自分を好きでいてくれるわけではない。そもそも好きという感情はないのだから。

千浦はあの研究所でずっと待っていた。自分を外へと連れ出してくれる人間を。そして、自分に深い関心を寄せてくれる相手を。

できることなら、幸せになりたかった。愛情の溢れる家で暮らしたかった。

その夢がかなおうとしている……！

千浦は伏見の背中に手を回し、強く抱き締める。伏見の手もそれに応えるように抱き返してくれた。キスと抱擁だけで、千浦は天にも昇る心地となってしまっていた。

ずっと、このままでいたい。ずっと彼の腕の中で温もりを感じたままキスしていたい。

けれども、伏見は唇を離した。

「嫌だ……！」

千浦は体重をかけて寄りかかり、伏見をベッドに押し倒した。いや、押し倒すつもりはなかったが、伏見がわざと自分から力を抜き、千浦のしたいようにさせたのだ。

千浦は伏見を押さえつけるような格好で、彼の身体にまたがっていた。彼の股間も千浦同様、硬くなっていることに気づき、そこに自分のものを擦りつけてしまう。

伏見はふっと笑い、千浦のパジャマのズボンの穿き口に手をかけて、下着ごと途中までずり下ろした。

「邪魔なものは脱いだほうがいいだろう」

伏見に促されて、千浦はズボンと下着を脱ぎ捨てた。ついでに上のパジャマも自分から脱いでしまう。そうなると、伏見だけがパジャマを着ているのは絶対におかしい。

「伏見さんの……僕が脱がせていいですか？」

「構わないぞ」

千浦は早速、ボタンを外し始める。引き締まった筋肉のついた身体が現れて、思わず胸を撫で回してしまった。どうやら自分は伏見の身体が気に入っているようだ。もちろん好きなのは肉体だけではないが、彼の肌を見ると、とにかく触りたくて仕方がなくなる。

「下は脱がなくてもいいのか？」

「ダメです！　脱がなきゃ！」

千浦は伏見のズボンと下着を取り去った。硬くなっている股間を見て、自然に手が伸びる。

「……触っていいですか？」

触れる寸前で、一応尋ねてみると、伏見は苦笑した。

「そんなに触りたいか？」

「はい、すごくすごく触りたいです！」

何故と訊かれたら困る。今まで伏見は千浦のことを好きだとも言わなかったから、恋人のように触られても迷惑だろうと思っていた。けれども、今は愛していると言ってくれた。それなら、こちらから触れても構わないだろうと思ったのだ。

ずっと我慢していたのだから……。

千浦はそっと触れて、優しく撫でた。伏見はコホンと咳払《せきばら》いをする。

「その……もっとちゃんと触ってもいいんだぞ。握ったり、いろいろしても……」

「キスしてもいいんですか？」

伏見は笑いながら尋ねてきた。

「してくれるのか？」

「ずっとしたいと思ってました。でも、嫌がられるんじゃないかって……」

ふっと伏見の目が優しくなった。

「嫌がるどころか、大歓迎だ」

千浦は嬉しくなって、硬くなっているものを両手で包み、顔を近づけると頬擦りをした。そして、先端にキスをする。二度、三度、それを繰り返し、ついには口の中に迎え入れた。

ほんの少し前まで、自分がこんなことをするとは思わなかった。毎日が同じ生活で、楽しみといえば、読書と植物と話をすること。それ以外には何もなかったのに、今はこうして愛する人と触れ合うことができる。

何より嬉しいのは、伏見が自分に愛情を向けてくれることだ。そうして、千浦はそれを信じることができる。

千浦は心ゆくまで伏見のものを堪能《たんのう》した。口に含み、唇で愛撫《あいぶ》し、舌で敏感な部分を舐め上げる。

伏見に奉仕するというより、これは完全に自分の欲望のためだった。

「もう……いい。千浦、顔を上げなさい」

掠れた声で伏見が命令する。千浦は名残惜しかったが、顔を上げた。

「今度はおまえの番だ」

代わりに横になると、伏見に両足を抱え上げられた。彼は勃ち上がっているものを通り越して、もっと奥まったところにある蕾《つぼみ》に口づける。

「ああっ……あん……いきなり……っ」

実際、伏見は急いた様子だった。もう待ちきれないといった感じで、性急に千浦を蕩けさせようとしていた。舌で充分に舐められた後、指を挿入される。何度もした行為だから、痛みなどもう感じない。感じるのは、ただ気持ちよさだけだった。

指が千浦の内部を探る。一番感じるところを探し当て、ぐいぐいと刺激してくる。もう、どうにでも千浦の中を解《ほぐ》したいという彼の気持ちの表れだった。

けれども、それは千浦も同じだった。伏見を早く受け入れたい。早くひとつになって、中で伏見自身を感じたかった。

他のことはどうでもいい。今の千浦の望みはそれだけだった。

「は……早くっ……もう……」

とても我慢できない。

千浦が両手を広げると、伏見は指を引き抜き、己のものを押し当てる。そうして、千浦の中に押し入った。

「ああっ……ぁっ……」

硬いもので一気に奥まで刺し貫かれ、千浦は仰《の》け反《ぞ》った。

「すまない。痛かったか？」

「いえ……。いいんです。僕もあなたが欲しかったから」

千浦は伏見の背中に手を回し、強く抱き締めた。身体の内も外も伏見で満たされている。こんな幸せなことがあるだろうか。

千浦は胸がいっぱいになっていた。嬉しくてたまらない。他の誰よりも伏見が好きだ。彼が自分を救ってくれたからだけじゃない。彼が自分にとって特別な人間だからだ。心の奥底で通じ合えて、信頼ができるただ一人の人だからだ。

彼の傷は千浦の傷だ。彼の喜びは千浦の喜びだった。どんなことでも、彼とならら分かち合っていける。千浦はそう感じていた。

伏見が動く度に、千浦の快感が増していく。千浦も夢中で腰を動かし、伏見にしがみついた。

「も……もうっ……ああっ……」

身体の熱が爆発寸前まで高まっている。千浦は伏見の背中に回した手に力を込めた。ぐっと腰を上げ、伏見に押しつける。

「や……ぁっ……ああっ」

もう少し感じていたくて、なんとか堪えようとしたが、無理だった。全身が強張った瞬間、熱情が千浦の中を稲妻《いなづま》のように走り抜けていった。

それに合わせて、伏見も千浦を強く抱き締めながら、腰を突き出した。そして、彼が低い声で呻いたとき、千浦の中に熱が放たれた。

千浦はやっと身体の力を抜き、伏見の背中をゆっくりと撫でた。胸の鼓動が速すぎる。息が整うまで、二人はじっと抱き合っていた。

しばらくして、伏見は身体をそっと離した。

「君の爪は伸びているんじゃないか？」

「えっ……？」

千浦は改めて自分の指を見る。確かに少し伸びている。だが、どうして今、そんなことを言われたのか判らなかった。

伏見はニヤリと笑った。

「たぶん私の背中は君の爪痕《つめあと》だらけだ」

「まさか！」

急いで伏見の背中を見ると、確かに爪痕が赤々と残っていた。

「ごめんなさい！　その……夢中になりすぎて。あなたと抱き合ってるんだと思うと、少しでも身体をくっつけていたかったんです」

ただ身体で抱き合うだけなら、今までもやっていたことだ。しかし、今日は違う。本当の意味で抱き合っていたと思うからだ。

「判っている。千浦」

伏見は柔らかな笑みを浮かべて、千浦の鼻の頭にキスをした。

「私も同じ気持ちだったから」

そんなふうに言われて、千浦は顔が赤くなるのを感じた。今日の伏見は今までの伏見とは違う。冷たかったり、素っ気なかったりしていた伏見とは別人だった。

だが、きっとこれが本当の伏見だ。ずっと心の奥底に隠していた本性に違いない。

「だが、これからは爪をちゃんと切ってほしい。私の背中が傷だらけになるからな」

千浦は笑いながら頷いた。千浦だって、何も伏見の背中に爪痕のコレクションを作る気はない。それどころか、できることなら、彼の身体には傷のひとつもつけたくなかった。

伏見はやはり綺麗な男だ。顔も身体も完璧だと千浦は思っている。千浦はその伏見を守りたくて仕方がなかった。

具体的に守る方法など知らなかったが、彼が傷つかないようにしたい。呪われた血のことで彼が悩むことはもうないかもしれない。けれども、獣に変身する能力はいつか彼を追いつめるかもしれないのだ。

どうぞ、そんなときが来ないように。来たとしても、自分が守ってあげられますように。

千浦はそう願っていた。

やがて二人は睡眠を取るために、ベッドで寄り添うように横になった。しかし、千浦は興奮しているのか、眠気が訪れなかった。隣にいる伏見が自分の恋人なのだと思うと、幸せすぎてどうしようもなくなってくる。

「これから……ずっとあなたの傍にいていいんですね？」

千浦は小さな声で尋ねた。もし伏見が寝入っていたら、起こしたくなかったからだ。けれども、伏見もまだ眠ってはいなかった。手を伸ばして、千浦の髪を優しく撫でる。

「ああ、もちろん。君が学校に行きたければ、行かせてあげよう。働きたければ、働き口を紹介する。君がしたいようにすればいい。だから、一生傍にいてほしいんだ」

千浦は嬉しくて涙ぐみそうになる。

「あなたは僕に選択肢を与えてくれるんですね。何も強制しないんですね……」

千浦は研究所での生活を強制されていた。すべての選択肢を奪われ、ただ従うだけの人生だった。

「君は人間だ。どんな能力を持っていようと、人間なんだから自由でいるべきだ」

「ありがとう、伏見さん……！」

千浦は我慢できずに伏見に抱きついて、唇を重ねた。

「自由だから、僕はあなたの傍にいることを選びます。一生……あなたと共に生きていきたいんです」

伏見は嬉しそうに笑い、お返しのキスをしてくれた。

「私はもう獣にはならない気がするな」

「どうしてですか？」

「君を見ているだけで愛情が溢れてきて、たまらない気持ちになるから。こんなに幸せなのに、獣になるような怒りはとても持てそうにない」

それならば、自分が彼に出会った意味はここにあったのかもしれない。
二人の出会いは本当に運命的なもので……。
きっと、どこの誰にも引き裂けない。
目と目が合い、伏見の優しい感情が千浦の中に流れ込んできた。
『愛してる……』
言葉にしなくても、確かに伝わってくるものがあった。
二人の唇が重なる。
千浦は伏見の背中にゆっくりと手を回した。

魔性の傷が癒える指

須藤奏《すどうかなで》は愛猫メリーアンを抱きながら、案内された部屋を見回した。

シングルベッドがあり、その傍《そば》にはサイドテーブルがある。他《ほか》にあるのは空っぽの本棚と小さなテーブルと椅子《いす》、それから小さなソファ。この部屋にはバストイレもついていて、冷暖房完備で、食事付き。しかも、家賃はタダだ。

ただし、この部屋に寝泊まりするには条件がある。ひとつは超能力者であること。そして、もうひとつは、その能力を実験材料として提供すること。

ここは山奥にある超心理学研究所だった。奏は物体から人間の残留思念を読み取るサイコメトリーという能力を持っていて、自ら志願してここへやってきたのだ。

切迫した理由があり、ある男から一刻も早く逃げる必要があったからだ。ここは隠れ家としては充分だ。自分の能力を実験に使うことに抵抗がないわけではなかったが、背に腹は替えられない。命の危険に晒《さら》されるよりはマシと言えるだろう。

それにしても……。

ここの空気は独特だった。以前ここに住んでいたという超能力者の残留思念が色濃く漂っている。恐らく奏と同じ二十歳前後の男性だろう。彼はどうやらここに閉じ込められていたらしい。

「井崎《いざき》さん、まさか僕をここに閉じ込めるつもりではないでしょうね？」

奏が振り返ると、ドアのところにいた所長の井崎浩一郎《こういちろう》はギクリとした表情をする。

「まさか！　閉じ込めるなんて……」

奏は井崎の考えを見透かすような目つきをしてみせた。もちろん彼の頭の中の考えを読めるような能力は持っていないが、そういうふうに感じさせることはできる。

「では、そのドアの鍵《かぎ》は付け替えてください。外側からかかるものではなく、内側からかけられるものに」

「わ……判《わか》った。すぐに手配する」

井崎は頭をペコペコと下げて、部屋を出ていった。

メリーアンが腕の中で奇妙な声で一声鳴く。奏は慌ててメリーアンを床に下ろした。メリーアンは実は雄なのだが、去勢した途端、体重が増え続け、今や堂々たる巨大猫となっていた。捨て猫だったから種類は判らないが、長毛種の血が入った雑種だろう。毛はふさふさとしていて、尻尾《しっぽ》は特に立派だった。

「メリーアン、今日からここで僕と暮らすんだよ」

メリーアンは興味なささそうな声で鳴くと、ソファに近づき、巨体にも拘《かかわ》らず身軽な動作で飛び乗った。そして、満足そうに寝そべって目を閉じる。

奏はその順応性の高さを羨《うらや》ましく思いながら、荷物をテーブルの上に置き、椅子に腰かけた。

奏の職業は占い師だった。仕事中は、神秘性を高めるためにドレスを着て、メイクをし、レディー・ジュリエットなどと名乗っている。幸か不幸か、男だと見破られたことはない。

よく当たる美人占い師として有名だったが、よく当たるのは、サイコメトリーの能力で客のプライバシーを知ることができるからだ。生活ぶりや考えていることまで当てられる。そして、それから未来の行動を予測して答えるのだ。だから、奏は客にいつも『未来は変えられますよ』と忠告する。考え方や行動が変われば、予測したものと違う結果になるのは当たり前の話だ。

そんな職業を持つ奏がどうしてこんな辺鄙《へんぴ》な場所に建つ研究所に身を潜めているかといえば、ある犯罪者と関《かか》わってしまったからだ。

今からわずか三日前のことだ。『ジュリエットの館』という名の小さな店に、カップルがやってきた。一人は若い女性で占いが好きだと一目で判る。もう一人は痩《や》せた中年男性で、顔も青白く、あまり幸せそうには見えない。女性が金目当てで彼と付き合っているのがすぐに判った。

いつものように、奏は客が身につけているものを外してもらい、それに手を翳《かざ》した。女性に関しては無難なことを話したと思う。そして、次に男の腕時計に手を翳したとき、何か奇妙なものが見えた。

それは、女性の絞殺死体だった。どうして絞殺と判るのかというと、ちょうど首を絞めている最中のイメージが頭に飛び込んできたからだ。同時に、男の感情が奏の心に広がっていく。

彼は愉《たの》しんでいた。女の首を絞めながら、愉悦の感情がほとばしっている。彼女がもがき苦しんでいるのに。革の手袋をした手が徐々に力を加えていき、やがて彼女は……。

奏はその瞬間、椅子から凄《すご》い勢いで立ち上がっていた。

『人殺し……！』

そう叫ぶ寸前で、奏は我に返った。男の目が鋭く奏を睨《にら》んでいる。彼が殺人犯だということは間違いないが、奏はその罪を暴く立場にはない。超能力など誰《だれ》も信じていないからだ。サイコメトリーの結果はなんの証拠にもならない。

奏は長い髪のウィッグを手で撫《な》でつけて、ごまかし笑いをした。あっけにとられた女と睨みつけてくる男を前にして、何事もなかったかのように、占いの結果を報告する。女は釈然としない顔をしていたが、男は恐ろしい表情をしながら帰っていった。彼は奏が自分の秘密を知ったことに気づいたのかもしれなかった。

その日の帰宅途中、奏は暴漢にナイフで襲われた。ひと気のない暗い場所だったが、たまたま通りすがりの人が現れて、相手が逃げたため小さな怪我《けが》だけで済んだ。暴漢は顔を隠していたものの、恐らくあの男だと思う。サイコメトラーの勘に過ぎないが、普通の人間より勘が鋭いから間違いない。

もちろん、奏はドレスを着て帰るわけではない。本当なら、あの男に正体が暴かれるはずがないのだが……。

しかし、殺人者に付け狙《ねら》われるのなら、自分の身を守らなくてはならない。警察に届けたところで、サイコメトリーで知った内容は証拠にはならないし、あの男が誰なのかも判らない。とりあえず、身を隠すところを確保して、それから先のことは後で考えればいい。レディー・ジュリエットは有名になったが、その名前を捨てさえすれば、どこか地方でも占い師として開業ができる。

そう、奏に必要なのは、あの男が自分を殺すことを諦《あきら》めるまでの時間と場所だった。

奏にも友人はいるが、彼らの家に転がり込むほど親しいわけではなかった。そもそも、自分が超能力者であることは誰も知らない。そのため、身に危険が迫っていることも説明できなかった。

そのとき、奏は自分が超能力者だと疑っている面々がいたことを思い出した。超心理学研究所の所員だ。彼らはレディー・ジュリエットの記事をオカルト雑誌で読み、『彼女』のことを相手の心を読むことのできる超能力者ではないかと考えたのだ。何度か実験させてほしいと請われていたが、その度に断ってきた。けれども、それを受け入れれば、彼らは奏を匿《かくま》ってくれるかもしれない。

そんなわけで、今、奏はこの部屋にいた。だが、彼らがこの部屋に別の超能力者を監禁していたとは思わなかった。ここに来るまでに、一度くらい彼らに会っておけばよかったかもしれない。自分の超能力で調査していれば、すぐに判ったことなのに。

奏は椅子の肘《ひじ》掛けに触れ、軽く目を閉じて精神を集中させた。掌《てのひら》が燃えるように熱くなり、頭に何かが浮かんでくる。

ここにいた『彼』は孤独だった。子供の頃《ころ》から監禁されていて、植物だけが友達だった。彼には透視能力とほんの少しのテレパシー能力があり、まるで塔に閉じ込められた姫君のように、自分を助けてくれる王子様を待っていた。

今、彼はここにはいない。彼はどこに行ったのだろう。自分を助けてくれる相手と巡り合ったのだろうか。

奏は目を開けて、部屋を見回した。彼がここにいた期間はあまりに長く、その思念に呑《の》み込まれてしまいそうになる。彼は淋《さび》しく、そして悲しかった。その寂寥《せきりょう》感《かん》を追い払うには、奏もまた淋しい境遇でありすぎていた。

奏が研究所にやってきて、一ヵ月ほどが過ぎた。実験や研究に付き合いながらも、奏はメリーアンと共にのんびりと暮らしていた。だが、さすがに一ヵ月もこんな山奥にいれば、飽きてくる。とはいえ、まだ家に戻るには、襲われたときの恐怖が残っていた。あの都会の中で、一体、誰が自分を守ってくれるだろう。奏が信じているのはメリーアンくらいだが、そのメリーアンでさえ、あの暴漢から守ってくれるとは思えなかった。

ある日の午後、自室にいた奏はふと何かに導かれるように、窓の傍へと近寄った。そして、窓にある鉄格子に触れる。

この部屋にいるとき、奏は時々こういう状態になってしまうときがあった。以前、この部屋にいた超能力者の残留思念が強すぎるのだろう。彼のことを無意識のうちに読み取ってしまうことがよくあった。

鉄格子からは、『彼』が窓の向こうを見ているところが感じられた。『彼』の名前は千浦《ちうら》という。苗字《みょうじ》か名前かよく判らない。千浦は観葉植物を育てていて、その植物とテレパシーで会話していた。植物が彼に囁《ささや》く。『助けてくれる人が現れたよ』と。

千浦の目に、駐車場に停《と》まった車から背の高いスーツ姿の男が降りてくるところが映る。彼が千浦の『救世主』なのだ。歓喜の情と衝撃、それから不安の渦が同時に感じられる。奏はその感情に呑み込まれそうになり、サイコメトリーを中止した。だが、我に返った奏の目に、今の情景とまったく同じ場面が飛び込んできた。

駐車場に車が停まり、黒いジャケットに白いシャツを着た格好の長身の男が降りてくる。年齢は三十歳くらいだろうか。いや、まったく同じ場面ではない。千浦の思念の中の男は後部座席から降りてきて、迎えにきた所員達《たち》と挨拶《あいさつ》を交わしていた。だが、今、奏の目に映っている彼は、運転席から降りてきたかと思うと、建物をじろじろと眺め、いきなりカメラを構えた。何枚か写真を撮り、ふとカメラを下ろす。

男はまっすぐこちらを見つめていた。奏が窓から覗《のぞ》いていることに気がついたのだ。

射るような目つきで見られ、奏は一瞬、窓から遠ざかろうとした。だが、ここで逃げる理由はない。奏はそう思い直し、鉄格子に触れて見つめ返す。

それは一瞬の間だったかもしれない。しかし、奏にはとても長く思えた。胸の中になんだか判らない炎のようなものが燃え上がり、奏を焼き尽くす。鉄格子に触れた手が痺《しび》れてきて、千浦が『救世主』と出会ったときの感情とシンクロしてしまい、奏もまたその男が自分を救ってくれるような気がした。

いや、そんなはずはない……。

誰も自分を救えるはずがないのだ。奏の能力は他人の秘密を探り出してしまう。人が隠しておきたいいろんなことを暴く能力だ。今は能力を使うときとそうでないときが使い分けられるし、ほとんどの場合は制御できていると思う。だが、まだ子供の頃はコントロールできずに、無意識のうちに力を使っていたこともある。そのせいで、奏は人間の心の裏側を知りすぎてしまった。

奏自身、他人を責められるような綺麗《きれい》な心の持ち主というわけでは決してない。それでも、多くを知りすぎた人間として、他人を信用できなくなっていた。表と裏は違うものなのだ。それが当たり前と思っていたから、奏が信じられるものは人間ではなく、常に動物だった。

それを孤独な人生だと思うときもあったが、そうでない人生など歩めるはずもない。そもそも、奏は自分の能力を友人には教えない。それを知ってしまったら、誰も奏とは付き合おうとは思わないだろう。

だから、あの男に救いを求めることはない。あの鋭い眼差《まなざ》しを持つ男がどんな人間であったとしても。

男は視線を逸《そ》らし、正面玄関のほうへ歩き出した。彼は何をしに来たのだろう。

ふと、奏は午後の予定に、オカルト雑誌の取材が入っていたことを思い出した。

応接室に入ったとき、奏はソファに腰かけている男と前に会ったことがあるのを思い出した。

近くで見ると、鋭い目つきにはどこか翳《かげ》があり、引き締まった口元あたりに頑固さが見て取れる。整った顔立ちでありながらも、軟弱な雰囲気はどこにもなかった。体格がよくて、全体的にはたくましい男という印象の持ち主だった。奏は彼とは対照的に小柄で細く、女装が似合う男であったから、コンプレックスが刺激されてしまう。

男は以前、よく当たる占い師として名高いレディー・ジュリエットを取材しに来たことがあった。あのとき、男は一人の女性をアシスタントのように連れてきた。奏が彼女の占いをしている間、男はただ興味なさそうに写真を撮っていただけだった。ロクに奏の話も聞いていなかった。後で送られた記事も本当につまらないもので、奏は取材を受けたことを後悔したものだ。ジュリエットのアップの写真ばかりが載っていて、まるでキワモノ扱いだったからだ。

こんな男が自分を救ってくれるはずがないのに……。

期待した自分が馬鹿《ばか》だった。奏はそう思いながらも、所長の井崎に紹介されて、彼に頭を下げた。彼は斎木譲《さいきゆずる》と名乗って、名刺をくれた。奏は彼の名前を覚えていなかったことを思い出したが、彼のほうは奏がジュリエットだったとは考えつきもしないだろう。

斎木は鉄格子越しに見つめ合ったことなど、なかったかのように普通の態度を取っている。もちろん、奏もそのつもりだった。

「須藤さんはサイコメトリーの能力があると聞きましたが」

斎木は奏が井崎の隣に腰かけた途端、話を切り出してきた。井崎は奏が答える前に説明を始める。

「人間の思念は一種のエネルギーで、その人間と共にあった物体に宿ることがあるんです。須藤君はその残留思念を読み取ることができます」

オカルト雑誌のライターや読者でもなければ、納得できない説明だろう。普通の人間が聞いても、とても信じることはできないと思う。

しかし、奏は笑みを浮かべて、超能力者らしく重々しく頷《うなず》いた。

「斎木さんが身につけているものを貸していただけたら、サイコメトリーの能力をお見せしますよ」

「……いえ、それでしたら、用意してますから」

斎木は持ってきた鞄《かばん》の中から、ジッパー付きの小さなビニール袋をいくつか取り出した。そのひとつひとつに番号がつけられ、腕時計やアクセサリーなどが入っている。

「用意がいいんですね。これらの持ち主のことを当てればいいんですか？」

それらが斎木の持ち物でないことは、すぐに判った。彼は自分なりにサイコメトリーの能力を検証するつもりなのだ。少なくとも、占い師を取材しにきたときよりも、彼は真剣だった。

「はい、お願いします。こちらの研究所には何度かお世話になっていますが、井崎さんが自信満々なときは裏切られたことがないんですよ」

斎木は朗らかに笑ったが、彼の本音とは違うように思えた。明らかにプレッシャーをかけているとしか思えない。

奏はまずひとつめのビニール袋から腕時計を取り出した。そして、黙ってそれに手を翳す。

精神を集中すると、掌が熱くなる。そして、掌から脳へとある映像が伝わってきた。

「この時計の持ち主は……若い男性ですね。自分の容姿をとても気にしている。茶髪ですね。ホスト……でも、あまり客の指名はない。鏡をいつも覗いていて、スーツの胸ポケットに入れた櫛《くし》を取り出し、しょっちゅう乱れを直しています。そんなに乱れてもいないのに」

奏は少し笑った。彼のナルシストぶりが滑稽《こっけい》に見えたからだ。

斎木は眉《まゆ》をひそめていた。間違ったことは言っていないつもりだが、何か問題があっただろうか。

「残留思念を読み取るということですが、具体的にはどんなふうにそれが判るんですか?」

「まず映像のように、持ち主の目が見たものが浮かびます。それから、持ち主の考えていることが頭の中に入ってくるんです。恐らく持ち主にとって、一番インパクトのある場面か……もしくは何度も繰り返されている馴染《なじ》み深い場面です。この場合は後のほうですね」

腕時計からは、持ち主が筋金入りのナルシストであることが第一に伝わっている。

「浮かんでくる場面はひとつだけですか？」

「いくつも浮かびますが、意識を固定すれば、ひとつに絞れます。そうでなければ、僕の頭のほうが混乱してしまいますから」

そんな説明で相手に伝わるかどうか、奏には自信がなかった。超能力はそれを持たない相手にとって、説明が難しいものなのだ。

「なるほど……。では、こちらは？」

別の袋を示されて、奏は中のライターを取り出し、手を翳した。

「彼は既婚者ですね。寝起きが悪いようです。毎朝、奥さんに起こされた後、ボンヤリしたまま煙草《たばこ》を吸っている様子が見えます。でも、昼間の彼は違います。精力的に働くエリートです。ずいぶん頭が切れる人ですよね。……あ、でも……」

「でも？」

奏は手を引っ込めて、先を言うべきか迷った。

「この人のプライベートのことなので……あなたには言わないほうがいいかもしれません」

「言ってください。実験になりませんから。それに、何を言い当てられてもいいと本人からお墨付きをもらっています」

恐らくライターの持ち主は超能力など、まるっきり信じていないのだ。だから、どうせ言い当てられないだろうと高をくくっている。

「彼は……浮気をしています。相手は彼の部下で……やっぱりこれ以上は言わないほうがいいですね。

できれば、他人の秘密を覗き見したくはないんです」

「そんな能力を持っているのに？」

斎木はまさかといった表情で奏を見ていた。

「もちろんです。知らない相手であっても、他人の恥部をわざわざ見たいとは思いません。まして、それを人に喋《しゃべ》るなんて……」

「でも、あなたはそれを商売にしてきたんじゃありませんか？」

奏はドキッとして、斎木の顔を見つめた。まさか、奏の職業を知っているのだろうか。あの占い師だと見抜いたのか。いや、そんなはずはない。

彼は表情を隠すように俯《うつむ》き、別の袋を指差す。

「次はこちらでお願いします」

仕方なく、奏は中に入っているピアスに手を翳した。

「彼女はバツイチです。子供は一人。まだ小さいみたいですね。元夫は医者ですか。彼女には打算がありました。医者と結婚すれば裕福に暮らせると。しかし、結婚生活は思ったようにはいかなかった。彼の家庭はあまりに上品すぎて……彼女にはついていけなかった。特に同居していた義母《はは》とは折り合いが悪くて、その仲は修復しようがなかったんですね」

斎木はその後も次々にサイコメトリーをさせた。休む暇もなく何度も実験をされて、奏はとうとう文句を言った。

「もう疲れてきたんですけど」

「では、これで最後にします」

最後のビニール袋にはシンプルな金の細い指輪が入っていた。直感で結婚指輪だと思った。奏は深呼吸して、それに手を翳す。

目の前に現れたのは血の海だった。自分の首から血が溢《あふ》れ出している。叫ぼうにも声が出ない。喉《のど》が切り裂かれているからだ。彼女は自分が死ぬことを判っていて、子供のことを心配している。懸命に心の中で名前を呼んでいた。『譲』——と。

そのとき、彼女の最愛の息子の顔と、目の前にいる斎木の顔が重なった。奏は鋭い叫び声を上げて、立ち上がった。だが、頭が混乱したようになって、意識が薄らいでいく。そのまま倒れ込みそうになって、テーブル越しに斎木が身体《からだ》を支えてくれた。

一瞬、過去と現実が交差したように感じてしまって、失神するところだった。奏は斎木の手が自分の両腕を強い力で摑《つか》んでいることに気づき、一瞬ドキッとする。

彼は僕の救い主なのか……？

腕を摑む手の熱さが自分の身体に伝わってきそうな気がして、彼の存在を強く意識してしまう。

いや、彼は救い主なんかではないはず……。

奏は慌てて顔を上げる。斎木は鋭い目つきで奏を見つめていた。

「一体、何を見た？　犯人はどんな奴《やつ》だった？」

大丈夫かどうかという問いかけもなく、いきなりそんなことを詰問されて、奏は驚いた。斎木は奏が見るものをあらかじめ予測していたのだろう。つまり、今までの実験はこれの前ふりに過ぎない。

彼が知りたかったのは、自分の母親を殺した犯人なのだ。取材など二の次というわけだ。

冗談じゃない。もう二度と殺人事件なんかに関わるものか。

奏は彼の手から逃れて、姿勢を正した。そして、傲然《ごうぜん》とした目つきで斎木を見る。

「犯人とはなんの話ですか？」

「顔が真っ青だから、君は見たはずだ。俺《おれ》の母を殺した犯人を。教えてくれ！」

「僕は見てません。あなたのお母さんが血の海の中で、あなたが一人残されることを心配していた。それだけしか判りません」

「それじゃ、もう一回、やってくれ。あれだけ詳しく持ち主のことが判るんだ。絶対に犯人の記憶がその指輪に残っているはずだ」

奏は再び指輪に目をやり、身震いをした。斎木の母親はこの指輪をつけていたときに殺されたのだ。

「お断りします。犯人探しに利用されるのは、真っ平です」

斎木の目つきに危険な光が宿る。間違いなく、彼は奏に対して怒っている。だが、奏には奏の事情があった。彼の母親が殺されたのは、もう十数年前のことだ。犯人が見つからないのは気の毒だが、他人の断末魔の様子を視るのはつらいのだ。

それに、やはり殺人事件とは関わりを持たないことが一番いい。そうでなければ、奏はあらゆる殺人犯に付け狙われて、一生ここから出られなくなってしまう。

斎木と睨み合っていると、横から井崎が口を挟んできた。

「斎木さん、もしかして未解決事件の犯人を捕まえようとなさっているんですか？」

何故《なぜ》か興奮した口調だった。奏は嫌な予感がした。彼の目的はこの研究所や超能力の存在を世間にアピールすることなのだ。そのためには手段を選ばない。

「須藤君、力を貸してやるといい。君の力が犯人探しに役に立つなんて、これほど喜ばしいことはないぞ」

奏は肩をすくめた。

「僕はそんなことに興味がないんです。それに……どうして僕がここに来ることになったのか、その理由はお教えしたはずですよね」

「それは……そうだが」

井崎は黙ったものの、いかにも口惜《くや》しそうだった。

「あなただって、法律的に後ろ暗いことがあるでしょう？　僕にそれをいちいち暴かれたら、どう思いますか？」

途端に、井崎は落ち着きがなくなった。彼は子供を監禁するという愚行を犯している。今までよくも警察に捕まらなかったものだと、呆《あき》れるくらいだった。

斎木は井崎が役に立たないと判り、溜息《ためいき》をついた。

「井崎さん、お願いがあります。しばらく彼と二人きりで話をさせてもらえませんか？」

旗色が悪くなった井崎はすぐに承知して、奏を置いて、逃げるように部屋を出ていった。今度は奏が溜息をつく番だった。斎木が何を言おうが、奏ははねつけるつもりだった。

斎木は立ち上がると、井崎が座っていた場所、つまり奏の横へと腰かけた。またもや彼のことを意識しそうになり、慌てて顔を背ける。

「……なんですか？　僕の答えは同じですよ」

不意に奏の肩が抱き寄せられる。彼に触れられた肩が何故だか妙に熱くなってくる。頭の中がふわふわするような変な気分だった。

耳元で斎木の声が聞こえた。

「レディー・ジュリエット……」

奏は動揺して、身体を震わせた。彼があの美人占い師と自分が同一人物だと見抜いたというのだろうか。信じられない。

「な……なんのこと……？」

奏は精一杯、知らぬふりを装った。斎木の息遣いが奏の耳に伝わっている。妙な興奮が身体に湧《わ》き起こるのを必死で我慢しながらも、自分がレディー・ジュリエットだと認めてはならないと考えていた。

女装して占い師をしていたからといって、なんの問題もないはずだが、正体を雑誌に書かれては困る。いつかはレディー・ジュリエットを復活させたいと思っているからだ。

「前に会ったとき、君はドレスを着て、くだらない占いをしていたな」

「僕は……男です」

「判ってる。これ以上、ないくらいに」

斎木は奏の耳朶《じだ》にキスをしてきた。ゾクッとした瞬間、奏は下半身が反応したのに気づいた。

まさか……！

この男にこんな真似《まね》をされるとは思わなかったが、自分が反応してしまうなんて、とても信じられない。だが、現実に身体は熱を帯び、特にそれは下半身に集中していた。

奏はもぞもぞと身体を動かした。だが、斎木はそんな奏の耳朶を唇で挟んだ。そして、奏がうろたえているうちに、シャツのボタンを外し、素早く胸元へと手を滑らせていく。

「あ……んっ……」

全体をさっと掌で撫でたかと思うと、指で小さな乳首を捕えた。突起を指で転がすように撫でられると、どうしようもなく欲望が高まってくる。自分の身体が過剰に反応していることを、奏はまだ認められなかった。

「僕は……そんな趣味は……ないから」

「どんな趣味？」

「あ……ちょっと……！」

斎木の手はシャツから出ていって、今度は奏の股間《こかん》に触れた。そこは間違えようもなく硬くなっていて、奏の言葉を否定していた。

「もう……触らないで……っ」

ズボンの上からその部分を撫でられ、力が抜けていく。奏はあっという間に斎木の手に堕《お》ちていた。

明らかに誘惑されているのに、抵抗できない。身体がじんと痺れたようになってしまって、彼の手にもっと触れてほしくなってくる。

もっと……？　そう、もっと、だ。

斎木の手がズボンのファスナーを下ろして、中へと侵入していく。そして、下着をかき分けて、熱く滾《たぎ》っているものを握った。

奏は身体をブルブルと震わせた。気持ちよすぎて、耐えられない。このままそこを弄《いじ》られていたら、すぐにイッてしまいそうだった。

なんだろう。まるで魔法をかけられたかのように、奏は斎木の思うままに操られていた。

何かおかしいと感じていても、それがなんなのか判らない。頭に霞《かすみ》がかかったみたいに、もう何も考えられなかった。ただ、彼にもっと触れてほしい。もっとたくさん弄られたかった。

身体が熱くて、どうにかなりそうだった。奏はいつしか斎木にもたれかかって喘《あえ》いでいた。

「ここを舐《な》めてやろうか？」

奏の身体が震えた。今でさえイッてしまいそうなのをギリギリ我慢している。これ以上の刺激は破滅を招くだけだった。

奏は彼の身体から離れようとした。だが、力がまったく入らない。

息が触れ合う。斎木はぐっと唇を重ねてきた。眩暈《めまい》がしそうなくらい激しいキスで、奏は感極まって泣きそうになる。

今の自分がおかしくなっていることは、はっきりと判る。まったくコントロールができなくなっているのだ。

口づけは激しくなり、舌を絡められる。抵抗するなんて考えられない。

やがて、斎木は唇を離すと、奏をソファに押し倒した。ベルトを外し、ズボンと下着を膝《ひざ》までずり下ろす。乱暴な仕草ではなかったが、ずいぶん性急だった。斎木はまるで自分のほうがせっぱ詰まっているかのように、すぐさま勃《た》ち上がっているものにキスをした。

「あ……んっ」

いきなりだった。信じられない。今さっきまで普通に話していたはずだったのに、どうしてこんな場面へと変わってしまっているのだろう。

この男はゲイなのか。それとも……？

確か母親を殺した犯人の手がかりを教えろと言っていたはずなのに、彼はどうして豹変《ひょうへん》してしまったのか。

奏はそう思ったが、激しく愛撫《あいぶ》されると、もう何も考えることができなくなっていた。頭の中が沸騰したように熱くなり、身体が高まっていく。ほとんど知らない男にこんなことをされているのに、これほどまでに快感を得ている自分が、本当に信じられなかった。

彼の唇と舌、何より指のテクニックは素晴《すば》らしかった。舌が敏感な部分に絡みついて、自分のすべてが彼にしゃぶり尽くされるような気がする。奏は一気に高みへと駆け上っていく。我慢なんかできるはずがない。

「ああっ……っ……」

奏は声を上げて、身体を大きく反らした。自分が弾《はじ》けるのが判る。その瞬間、奏は斎木の唇に包まれて、最高の快感を味わった。

心臓が物凄いスピードで動いている。快感の余韻に浸りながらも、奏は他人の口の中で果てたことを思い出した。斎木が顔を上げ、唇を拭《ぬぐ》っている。その表情は怒っているわけではなく、狼狽《ろうばい》しているように見えた。

「斎木さん……」

声をかけると、斎木はギョッとしたように奏を見た。そして、何かぶつぶつと小声で謝罪のようなことを口にした。慌ててテーブルの上に置いていたものを鞄の中に仕舞い、それを掴んで、早足に応接室を出ていった。

なんなんだ、一体……。

奏は頭を振り、身体を起こした。いきなりいやらしいことを仕掛けてきたかと思えば、慌てて帰っていく。今の行為になんの意味があったのだろう。あまりに性急な斎木の行動のせいで、何も判らないまま急《せ》き立てられるように達してしまった。奏は気持ちよかったものの、斎木にはなんのメリットもなかったと思う。

おまけに、本人は逃げるように帰っていったのだ。取材はどうなったのだろう。彼は母親を殺した犯人を知りたかったはずなのに。

どのみち、奏は事件の解決に協力する気などなかったから、逃げてもらって助かったが、不可解な彼の行動には疑問が残った。

奏は衣服の乱れを直し、溜息をついた。あんなに気持ちいい思いをすることなんて、しばらくはなさそうだった。

その夜、奏はふと目が覚めた。

誰かが来る……！

それは理由の説明できない勘でしかなかった。奏の持つ能力とは別物だが、ごく一般の人間よりは勘が鋭いのだ。

奏は窓に近づき、カーテンを開いた。鉄格子の向こうに満月の夜空が広がっている。奏は近づいてくる人影に気づき、窓を開ける。そこには斎木がいた。

思わず鉄格子に触れる。サイコメトリーの能力を使おうと精神を集中したわけではない。だが、そのとき、奏の頭の中にある光景が飛び込んできた。

ここにいた超能力者——千浦だ。彼が同じように鉄格子に触れ、月の光の中、救い主と共にここにいた。彼らは鉄格子越しに誓いの口づけを交わしたのだ。彼らはここである種の契約を交わした。千浦はここから救い出してくれることを。そして、救い主は千浦に何か別のことを期待していた。

奏は現実に立ち戻る。斎木はやはり奏の救い主なのだろうか。彼は何から奏を救ってくれるのだろう。

「昼間のことは……悪かった」

斎木は少し照れたように話しかけてきた。その瞬間、彼が本当に自分の行動を恥じていることが判った。だが、奏を誘惑しようとしたことは、意図的に思えた。だから、彼がなんのことで己を恥じたのかが判らない。

「あなたはゲイなんだ？」

「いや……そうじゃなくて、どっちも大丈夫というか……。ただ、あそこまでするつもりはなかった。君が俺の要請を断れないように仕向けるつもりだったが……」

それもできずに、斎木は自分が逃げ去ってしまったのだ。あれはまさしく逃げたのだろう。二人の触れ合いは、奏を骨抜きにしかけたが、斎木もまた同じような状態に陥ってしまったのではないかと思う。

ふと、奏はここにいた千浦の運命が自分と重なっているような気がしていたことを思い出した。彼もまた救い主とここで出会い、同じように鉄格子越しに言葉を交わしていた。自分と千浦の間には何かシンクロするものがあるのだろうか。そう考えると、なんだか怖くなってくる。

運命なんて信じているわけじゃないのに。

「昼間の話、考え直してもらえないかな。君の力を少しだけ貸してくれるだけでいいんだ。金なら払う。いくら欲しい？」

奏は苛立《いらだ》ち、首を振った。

「金なんかいらない。僕がどうして占い師をやめて、ここに引きこもっているかというと、ある殺人事件の犯人と遭遇したからなんだ」

客として来た男のこと、そして、暴漢に襲われたことを彼に説明した。

「だから、殺人事件には関わりたくない。誰かに命を狙われることは怖いんだよ。ここにこもっていても、正直、安全なのかどうかも判らないし」

今のところ、所長の井崎は奏を監禁しようとはしていない。だが、この先、奏が出ていこうとすれば、井崎は邪魔しようとするかもしれない。

「それなら、ここを出て、俺の家に来ればいい。俺が君を守る」

思わぬ言葉に、奏はまばたきをして、斎木を見つめた。彼はまっすぐ奏へと視線を向けている。迷いのない眼差しに見えた。

「あなたが僕を……？」

どうやって守るというのだろう。彼にはなんの権力もない。いや、権力があっても、一人の人間を守りきれるはずがない。彼の家に、朝から晩までこもっているのなら別だが……。

そう考えて、奏は今の自分は既にそのような状態であることに気づいた。奏は自分の能力の実験を許すという代償を払って、ここにいるだけの話だ。

斎木もまた庇護《ひご》する代わりに、代償を求めている。殺人事件の犯人に対する手がかりを得たいという。それ自体は奏も理解できるものだったが、やはり暴漢に襲われたときの恐怖はまだ薄れていなかった。

それに、奏は誰も信用していない。仮に斎木が奏を守ると本気で思っていたとしても、その気持ちがいつまで続くか判らない。一週間で、こんな役目はごめんだと思うかもしれない。そして物理的に守りきることができるとも思えなかった。

だが、超心理学研究所のことや自分の能力のことが雑誌に載るとしたら、いつまでもここにいては逆に危険かもしれない。オカルト雑誌だからといって、犯人の目に触れないという保証はないのだ。潜伏場所を変えるということは、逆にいいことと言える。

「君はいつまでここにいるつもりなんだ？　この生活が気に入っているのか？　研究と言いながら、奴らは君を実験動物みたいに扱ってるだけだぞ」

斎木は奏の反応の悪さに苛立っているようだった。

「それは判ってる。僕はあなたより敏感に人の心を察知できるから……。確かにここにいつまでもいるわけにはいかないとは思ってる。でも……会ったばかりのあなたを信じることはできない」

面と向かって、相手を信じられないと告げることは、あまりない。しかし、実際、奏は斎木のことを何も知らなかった。

「確かに……信じられないかもしれない。けれども、信じてもらうしかない。そうでなければ、レディー・ジュリエットと謎《なぞ》の超能力者が同一人物だと雑誌に載ることになる」

奏は斎木を睨みつけた。そんなことをされたら、殺人犯のこと以外に、商売に影響する。レディー・ジュリエットが女性なのと、女装していた男なのとでは違う。しかも、占い自体はでっち上げみたいなものなのだ。今は廃業していても、ほとぼりが冷めたら地方で開業しようと思っていただけに、それはかなり困る。

「脅迫するつもりなのか？」

「もちろん、君の仕事の邪魔はしたくない。けれど、俺はどうしても母を殺した犯人を捕まえたい。この手で捕まえて、罪を償わせたいんだ」

彼の熱い思いは判る。判りすぎるほど判ると言ってもいい。奏は死ぬ直前の彼の母親の感情や思考を感じ取ったのだから。

「あなたのお母さんは、あなたが犯人を捕まえることなんか望んでない。あのとき……あなたが家を留守していたことを喜んでいた。あなたの将来を心配して、幸せになることを祈っていたのに……」

斎木はギラギラ光る目をして、いきなり鉄格子を向こう側から両手で握ってきた。まるで、奏を殴る代わりに鉄格子を握ったように見えた。

「俺は犯人を捕まえたいんだ！　手がかりがそこにあると判っているのに、諦められるわけがない。殺人の時効は廃止されたが、そんなことは関係ない。俺は一刻も早く母の恨みを晴らしてやりたいんだ」

一瞬、奏は息が止まる思いがした。彼の激しい感情が押し寄せてくるような気がしたからだ。

手がかりはあるのに、諦められない。その言葉は奏の心の奥底にあるものを刺激した。彼は奏が何年も自分自身にまで隠していた記憶を、呼び覚ましてしまう。

そう。手がかりはあるのに……。自分の能力を使ってできることはたくさんある。だが、長い間、奏はそれを有効に使うことを拒絶してきた。

怖かったからだ。自分が何かを見つけてしまうことが。自分の心が傷ついてしまうことが。

奏は息を吸い込んだ。そして、改めて斎木を見つめた。

「判った。協力しよう。もう一回、研究所を訪ねてくれれば、サイコメトリーで犯人の手がかりを探ってやろう」

てっきり、斎木はそれで喜ぶだろうと思っていた。しかし、彼はまだ怖い顔をしていた。

「ダメだ。君はここから出るんだ」

「何故？　そこまでする必要はないと思う」

「君を救いたいから」

奏ははっと彼の真剣な眼差しを見つめた。彼は一体、何から自分を救おうと言うのだろう。救ってほしいなどと一言でも言っただろうか。そんなことはないはずだ。彼は奏が救いを待っている人間だと、どうして思ったのか。

奏はその質問をしなかった。たくさんの疑問があるものの、何も言葉にしなかった。

頭の中には、千浦の救い主の姿が浮かぶ。彼はここで口づけを交わした。ここで彼は千浦を助けると誓ったのだ。

斎木は鉄格子を握る奏の手の上から、柔らかく握ってきた。

「斎木さん……」

彼は自嘲《じちょう》するみたいに、少し笑った。

「君を守る。約束する」

そう言って、彼は鉄格子の間から手を差し入れた。そして、奏の首の後ろに手を当て、引き寄せる。

唇が重なった。ほんの少しだけ。

彼は奏の運命を変える人間なのかもしれない。

目を開けたとき、斎木は微笑《ほほえ》んだ。彼の目には復讐《ふくしゅう》の炎があるというのに。

何故だか、奏はその目をいとおしく思った。


「それは一体なんなんだ？」

斎木は奏がキャリーバッグから出したメリーアンを見て、目を丸くした。

奏は荷物とメリーアンを入れたキャリーバッグを持って、斎木のマンションに来ていた。あの約束をした翌日、斎木は車で奏を迎えにきたのだ。後部座席に載せていたバッグの中に生き物が入っているとは、斎木は思わなかったらしい。

「猫だよ。メリーアン、この人に挨拶して」

奏の腕の中にいたメリーアンは恐ろしく不機嫌な鳴き声を出し、斎木をじろりと睨みつけた。長時間のドライブが気に入らなかったらしい。

「そんな不思議な生き物までついてくるとは知らなかった」

「そんなに不思議な生き物でもないだろ。ただちょっと太っているだけの猫だ」

「俺は猫が大嫌いなんだ」

斎木はそう言いながらも、メリーアンに触ろうと手を出した。不機嫌なメリーアンが黙って触られているわけがない。見かけとはまったく違う俊敏さで斎木の手を引っかいた。

「毛玉の化け物のくせに、何をするんだ！」

奏はわざとのようにメリーアンを抱き締め、そのフカフカの毛並みに顔を埋《うず》めた。

「こんなに可愛《かわい》いメリーアンに、汚い手で触ろうなんて、百年早いよねえ」

メリーアンは同意するように鳴いた。奏は彼女（？）の喉を撫でてやって、手近なソファに腰かける。斎木のマンションは奏の予想より広く、部屋数もあり、その上なかなか綺麗に片付いていたので、快適な隠れ場所になりそうだった。

ただ、ひとつ気になるのは……。

サイコメトリーの能力を使うまでもなく、この部屋には男らしい気が漲《みなぎ》っている。家具や持ち物すべてに、それが感じ取れる。奏は自分が男であるのに、この男らしい強い気が苦手だった。しばしば『綺麗』と称される自分の容姿のせいかもしれない。きっと、男らしさにコンプレックスがあるのだろう。

「メリーアンは信用しない相手には敵愾心《てきがいしん》を燃やすんだ。気をつけたほうがいい」

「飼い主も同じかな？」

斎木は床に置いてあった大きめのクッションに胡坐《あぐら》をかいて座った。テーブルの上には灰皿が載っている。奏はそれを見て、コホンと咳払《せきばら》いをした。

「煙草、吸うんだ？」

「ああ。君は？」

「僕はあの匂《にお》いが嫌いだ。昨日、キスしたときは匂いなんかしなかったのに」

斎木は奏の言葉に苦笑した。

「君もとても乗り気だったくせに」

「あれはちょっとした気の迷いだ。僕は男とキスする趣味はない」

「ほう。キスする趣味はなくても、触られたら立派に反応するんだな？」

奏は研究所の応接室での出来事を思い出した。まさかあんなふうに男の手に反応し、口で愛撫されて達してしまうとは思わなかった。一生の不覚と言ってもいい。いくら仕事で女装していても、奏は性的にはノーマルだと信じていた。

ただ、あのときのことを思い出すと、身体は火照ってくる。実際のところ、自分がノーマルだとは言いきれないとも思っていた。だが、それを目の前の男に告白する気はまったくなかった。

しかし、よく考えると、ここに転がり込んだのは、少し軽率だったかもしれない。彼はバイだと言っている。もし身の危険を感じたら、メリーアンをけしかけてやろう。

メリーアンを床に下ろしたが、彼女は自分からソファに飛び乗り、クッションの上に寝転んだ。そこを自分の居場所と決めてしまったようだった。

「おい、お嬢さん、抜け毛には気をつけろよ。でないと、おまえをガムテープでぐるぐる巻きにしてやるからな」

メリーアンは半開きの目で斎木を睨んだ。本気でそんなことをしようとしたら、斎木は逆襲されるだろう。奏はそれを想像して、一人で楽しんだ。

「そういえば、ひとつ訊《き》きたいことがあったんだ」

「なんだ？」

「僕がレディー・ジュリエットって、どうして判ったんだ？」

斎木は奏の手を取り、まじまじと掌を見る。

「この十字の傷……」

奏の両手の掌にはそれぞれ大きな十字マークの傷跡があった。だが、よく見ないと傷跡だとは判らない。普段は手相の一部のように見えるのだ。

「前にレディー・ジュリエットの取材をしていたとき、君はサイコメトリーの能力を使うときのように物に手を翳していた。あのとき、君のこの傷跡が赤く浮き上がっているのを見たんだ。写真にも収めた」

そういえば、奏が能力を使おうと精神を集中させると、そんなふうになるのだ。自分で気がついてはいたが、まさかレディー・ジュリエットと奏がサイコメトリーの能力を使っている場面を見た人間が気づくとは思わなかった。というより、両方の場面を見ることのできた人間は、斎木一人だった。

「その傷跡はどうしてついたんだ？　まさか、学校でのいじめとか……？」

いじめなんかより、もっと凄惨《せいさん》な場面でつけられたものだ。そのときの記憶は自分にないのに、傷跡だけは一生忘れられないものとなってしまっている。傷跡を見る度に思い出すのだ。自分が今までどんな人生を歩んできたのかを。

「まあ、自分でつけた傷じゃないことだけは確かだな」

斎木は急に注意深く奏の表情を観察し始めた。奏がどうして傷がついたのかを、語らなかったからだろう。オカルト雑誌のライターだから、職業柄、興味深く捉《とら》えられたのかもしれなかった。

だが、よく知らない相手にはとても話せない。いや、よく知っている相手にさえ話したことはない。

真相を知っているのは、親族か当時の警察関係者だけだ。あまりにも猟奇的な匂いがあったため、警察が公表を控えたのだという。新聞にも週刊誌にも載らなかったことは、後に図書館で調べて確認済みだ。

「僕のことは、もういいだろう？　この傷がどうしてついたかなんて、あなたには関係ないことだ」

わざと素っ気ない調子で言うと、斎木は肩をすくめた。

「判った。このことは追及しない。今のところは」

最後の一言に、奏は目を見開いた。だが、斎木はこのことにはもう興味なさそうにしていた。

「ところで、君を襲ったとかいう殺人犯のことだが。こっちは詳しく話してくれるだろう？　何しろ俺は君を守ると約束したんだから」

「ああ……そうだな」

何から守るか判らずに、守れるはずもない。とはいえ、奏はあまり守る役割を彼には期待していなかった。ほとぼりが冷めるまで、しばらく匿ってくれればそれでいい。あの殺人犯もそこまで執拗《しつよう》に奏のことを探しているとは思えない。

奏は占いの店に女連れでやってきた男のことを話し始めた。

「彼の腕時計に手を翳したとき、女性の絞殺死体が見えた。正確に言うなら、女性を絞殺しているところだ。それだけじゃなく、その男自身の愉悦の感情が押し寄せてきたんだ。彼は……笑っていたんだよ。楽しくて高らかに笑っていた」

奏はあのときの感情を思い出して、ぞっとした。思わずぶるぶると身を震わせ、自分の腕を抱く。

「僕は耐えられなかった。反射的に立ち上がって『人殺し！』って叫びそうになった。まあ、寸前で止めたけど」

「相手の反応は？」

「鋭い目つきで見てきただけだった。落ち着いた態度で、傲慢さを感じた。冴《さ》えない中年男だと思っていたのに、そのときは得体の知れない相手に見えた。僕の様子を見て、自分の罪が暴かれそうだと感じたのかもしれない。占いなんて信じてそうに見えなかったから、不思議なんだけど」

「その夜に君を襲ってきた男がいたわけだ？」

奏は頷き、そのときの状況を説明した。

「たぶん後をつけられていたんだと思う。彼がどうしてジュリエットが僕だと気づいたのか判らないけど……とにかく判ったんだろう」

そこのところは説明できないが、彼は占いの店を見張っていたのだろうから、そこから出てきた人間を追いかけたのだ。ほっそりした体型の奏を女だと思っていたかもしれない。

「ひと気のないところで、いきなり背後から襲われたんだ。大型のナイフで切りつけられるところだった。僕は人より勘が鋭いから、襲われる寸前に、危機感みたいなものを感じた。だから、よけられたんだと思う。でも、向こうは力が強くて……。もうダメだと思ったときに、ちょうどそこに人が通りかかったから、奴は逃げていった」

今思い出しても、恐ろしい体験だった。二度と同じようなことは経験したくない。

「そいつが占いの店に来た男だと判ったのか？　顔を見たのか？」

「いや……。確か帽子をかぶっていて、口元も布で隠していた。でも、僕にはもちろん判る。手を翳さなくても、判ってしまうんだ」

それもまた別の意味で説明はできない。他の普通の人間には決して理解できないことだろうが、奏の知覚は超次元的に働くことがある。

「その男の人相を覚えているか？」

奏は眉を寄せた。

「覚えているが、これといって特徴がないんだ。くたびれた中年男で、ごく普通に見える。濃いグレーのスーツを着ていて、年齢は四十過ぎくらいかな。若い女を連れていたけど、あれは水商売の女でカモにされている印象だった。でも、そんなに金払いがよさそうにも見えなかったけど」

奏は男の説明をしながら、できれば彼とはもう二度と会いたくないと思った。恐らく彼は女を殺して、まだ捕まっていないのだろう。しかし快楽殺人なら、次の事件を起こす可能性がある。危険人物を知っていながら放置していることに、奏は少し罪悪感を覚えていた。

それでも、仕方ないのだ。彼が殺人犯なのを知っているのは、奏の超能力のおかげなのだから。警察だって、そんなことを言われても信じるはずがない。

「四十代のくたびれたおっさんに注意ってことだな。だが、君が店に出なければ、向こうも偶然には見つけられないだろう。ここでは安心して暮らせると思う」

「そうだな……。僕は少し臆病《おくびょう》になりすぎていたかもしれない」

何もあんな山奥の研究所に避難する必要はなかったのだろう。けれども、まだあのときの恐怖は奏にまとわりついていた。そして、まだ消えそうになかった。

「コーヒーでも飲もうか」

会話が途切れたとき、斎木は立ち上がった。キッチンに向かおうとして、ふと振り返る。

「何か苦手なものはあるかな？　君の能力を邪魔する食べ物とかは？」

奏は斎木がこれからさせようとしていることが判った。だが、元々、その約束でここに来たのだ。

「ダメなのはアルコールだけだ。ただし、邪魔するわけじゃなくて、逆に鋭敏になりすぎて困るだけ。いつもは能力をコントロールできているけど、理性という枷《かせ》が揺らぐと、大変なことになる」

「どんなふうになるんだ？」

「ありとあらゆるものから情報が押し寄せてくる。人の秘密なんて知りたくないのに、頭の中が他人の思念でいっぱいになるんだ」

「それは……確かに大変だな」

斎木は同情するような口ぶりで、納得してくれた。普通の人間なら絶対に信じられないようなことを聞いても、彼はごく自然に奏のことを理解してくれているような気がした。

いや、ダメだ。他人に気を許しては。彼が『救い主』であるとは、とても信じられない。

「君に俺の秘密をいろいろ知られてしまったら困るな」

斎木は笑いながら、コーヒーの用意をする。奏も笑ってそれに応じる。

「あなたの秘密なんて、どうせいやらしいことばっかりだろう？」

「そうかもしれないが、ここでその手の行為はしてないから、安心してほしい」

つまり、ここにそれを目的に女や男を連れ込んだことがないということか。もしくは、奏に妙なことはしないと言いたいのかもしれない。

キスや、その他のことを……。

奏はまだ彼の唇の熱さや舌の動きを覚えている。あんなふうに誰かに身を任せたことなんて一度もなかった。相手が男であれ、女であれ。奏の理性は強固で、欲望に流されたことがない。他人に自分を預けるような真似は絶対にすべきではないのだ。取引はするが、相手に頼ることはしない。それが奏の信条だった。

斎木はマグカップをテーブルの上に置いた。気取ったコーヒーカップではないのが、斎木らしい。

「シュガースティックとか、コーヒー用のミルクとか……」

「いらない」

「いや、俺の家にはないと言いたかったんだ」

奏はクスッと笑って、カップを手に取った。

「あなたはいい人だ。手は早いけど」

だからといって、信用するわけではない。それは当たり前のことだ。

「あれは君の気を惹《ひ》きたかっただけだ。なんとか説得しようと……」

「あれが説得？」

説得ではなく、誘惑という言葉が正しいだろう。けれども、あのことに食い下がるのはやめたほうが賢い。誘惑に簡単に屈した自分に跳ね返ってくるだけだ。

コーヒーを飲んで寛《くつろ》いだ後、奏は早速、仕事に取り掛かることにした。

「あの指輪をもう一度視《み》る前に、あなたから事件のあらましを聞いておきたいんだけど」

斎木は一瞬、押し黙った。奏が自分の傷について語らないように、斎木もまたあまり事件のことを喋りたくないのだろう。しかし、斎木が話さないことには、他の誰も代わりに話してくれるわけではない。やがて、斎木は重い口を開いた。

「俺は母子家庭で育ったんだ。父が早くに死んで、母一人子一人でやってきた。あの事件は俺が中学生のときに起こった。修学旅行から帰って、家に入ると……いつもと違っていた。カーテンは閉まったままで……部屋の中は薄暗くて……むせるような血の匂いがして、明かりをつけたら、母が血溜《ちだま》りの中で壊れた人形のように横たわっていた。部屋が荒らされ、金がなくなっていて、強盗殺人ということになったが、手がかりは何もなかった。夜中に殺されたことは判ったが、不審な人物を目撃したという話もなくて……。事件は迷宮入りだ」

話を聞いただけで、奏はなんとも言えない不安な気持ちに呑み込まれそうになった。指輪に手を翳したときに視たものと、状況は合致している。

「お母さんは喉を切り裂かれて、叫ぼうにも声が出なかった……。自分の命が血液と共に自分の中から流れ出していくのを見ているしかなかった。それでも、すごくあなたのことを心配していた。一人残されたら……あなたはどうやって生きていくのかと……」

奏は苦しくなってきて、胸を押さえた。サイコメトリーの結果——しかも、前に視たものを思い出しているだけで、冷や汗が出てくる。死にゆく人の想《おも》いを体験するのはつらいのだ。

「どうした？　大丈夫か？」

　斎木が肩を揺さぶっている。奏は斎木の身体から力強さを感じ、それに頼りたくなった。ソファから斎木の腕の中に倒れ込む。斎木はしっかりと奏の身体を抱き締めてくれた。

　彼は危険だ。だが、彼が奏の心細さから守ってくれるような気もしていた。

「サイコメトリーの能力は思念を受け取ることだ。本当にそのまま受け取るから……相手が苦しいときは自分も苦しくなる。思い出すだけで……」

　血溜り。苦しい息遣い。暗闇《くらやみ》。痛み。憎悪。涙。それから……。

　奏は自分の過去を思い出しそうになっていた。この事件はどこか似ている。あまりにつらすぎて、奏はその記憶を失っている。けれども、失ってもなお、心の奥底には残っているものだ。

「しっかりしろ。奏……！」

　斎木は勝手に奏を名前で呼んでいた。そんな馴れ馴れしい真似を許した覚えはないのに。それでも、彼の腕の力強さや大きな身体に包まれて、奏は小鳥のように身を震わせていた。

　彼から離れなくてはいけない。彼は自分を本当に意味で救ってくれることはないのだから。

　そう思っても、一人ではとても耐えられない。奏は斎木の胸にすがった。

「僕も……僕も同じような経験がある」

　自分の口が勝手に動いている。止めなくてはならないのに、どうしても彼に告白しなくてはいけないような気分になっていた。きっと、母親の遺体を発見した彼の気持ちが痛いほど判るからだ。

「僕の両親も何者かに殺された。犯人は判らない。僕はその場にいたけど……何も覚えてない。記憶がないんだ」

斎木は驚いて、奏の両肩に手を当てて、自分の胸から引き剝《は》がした。そして、奏の言葉が真実かどうか確かめるように、目を合わせた。

「それは……君が何歳の頃？」

「小学校の三年……。夜中に誰かが侵入して、両親を刺した。僕は両親の傍で両手両足を縛られて、口を塞《ふさ》がれて転がされていた。それから、両手の傷も……」

斎木は目を見開いた後、奏を自分の胸に抱き込んで、その腕に力を込めた。まるで、奏を守ろうとするかのように。奏もまた彼にしがみついた。

唇が触れる。しっかりと抱き締められ、気がつくと口づけを交わしていた。一方的にされたキスではない。奏もまた彼と唇を重ねることを望んでいた。

最初にしたキスは、彼の意のままに操られていた。情欲に悶《もだ》えていて、我を忘れていた。けれども、今は自分からも唇を合わせている。自分から舌を絡め、彼のキスを思う存分、味わった。

ここに来たときから、こうなる気がしていた。いくら回避しようとしても、彼の圧倒的な男らしさに屈服する時がくるのは判っていたのだ。まさか、こんなに早く屈服するとは思わなかったが。

一度味わった快感は忘れられない。そして、一度味わった彼の身体の温《ぬく》もりを忘れていなかった。あれは何かの気の迷いだと思っていたのに、今は彼の腕に抱かれて癒《いや》されることを望んでいる。

でも、彼は男で、自分も男で……。

そんな考えがちらりと頭を過《よ》ぎった。しかし、自分でその考えを踏み潰《つぶ》す。男であれ女であれ、斎木以外の人間に自分がここまで明け透けになったことはなかった。この先、そんな人間が現れることは絶対にないという確信がある。

それはこの能力だけでなく、幼い頃に遭った事件のせいだろう。あれは奏のすべてにまとわりついて離れない。記憶がないのに、奏の一生を縛っている。

斎木なら……。そう、彼なら判ってもらえるに違いない。同じような経験をした彼にしか絶対に判ってもらえない。

彼はやはり自分の運命の相手だった。救い主なのかどうか判らないが、研究所のあの部屋で、あの鉄格子越しにキスした相手は、まぎれもなく自分のこれからを左右する人間だったのだ。

奏は夢中でキスをしていた。もっと彼の舌を味わいたくて、背中に手を回した。白いシャツを手でぐしゃっと摑む。自分がキスで感じていることを伝えようとした。

斎木は唇を離し、奏を抱き上げようとした。

「な……何っ？」

「君の女王様が見ている。眠ったふりをしているけど、絶対に観察してるぞ」

ソファの上でメリーアンが寝ていた。確かに目を閉じているが、愛猫の前で服を脱ぐのも躊躇《ためら》われる。いいところを、あの不機嫌そうな半目で見られて邪魔されるのも嫌だ。

黙って彼の腕に抱かれると、とても心地よかった。守られている感じがする。彼もそう思ったのか、奏に笑いかけてきた。

「君の身体は俺の腕にしっくりくる。身体のサイズが俺好みだ」

寝室らしき部屋に入ると、ずいぶん大きなベッドがあった。ここに誰も連れ込んだことがないということは、彼はいつもここで一人きりで寝ているのか。サイコメトラーである奏に嘘《うそ》をつくはずがないから、きっと彼は寝相が悪いに決まっている。

静かにベッドに下ろされる。奏は上半身を起こして尋ねた。

「……服を脱げばいいのか？　こんなことは初めてで、よく判らないが」

斎木は少し笑って、ベッドに腰かけた。

「いや、俺が脱がせたい。というより……本当にいいのか？　俺で？」

今更、何を言っているのだろう。いいから、ベッドまで連れていくことを許したのだ。いくらなんでも、これは無理やりとは言えない。

「僕は事が済んだ後に、女の子みたいに泣いたりしない。責任を取れとも言わないし、恋人みたいにベタベタしたりしない」

「ベタベタしないのは、少し残念だな」

斎木は奏を抱き寄せ、息が止まるほど激しいキスをした。

「君は初めてだから……今日は君が凄く気持ちよくなるようにしてあげたい」

斎木はそう宣言すると、奏が上から羽織っていたシャツを脱がせた。そうして、ベッドに押し倒す。

Tシャツの裾《すそ》を胸までめくった。

斎木の指がそっと乳首に触れる。途端に、身体の内部が熱くなってくる。腰が抜けそうなくらい下半身がだるくなり、股間だけが元気になってきた。斎木にこういう意図で触れられると、過剰なくらいに身体が反応してきてしまう。それはあまりに不思議だった。しかし、不快なものではない。結局、奏は彼に触れられるのが好きなのだろう。

やがて、もう片方の乳首に唇を寄せてくる。小さな乳輪を舐められ、突起の先端を舌で転がされていく。時々、彼はそこを唇で覆うと、そのまま吸った。まさか、そこまでされると思わなくて、奏は驚きと共に強烈な快感を味わった。

もう一方の乳首は指で弄られる。親指の腹で転がされ、それからつままれる。痛いというより疼《うず》きを感じる。それは下腹部への刺激となった。

自分の胸がそこまで感じるものだとは知らなかった。自慰行為で胸を弄る男はあまりいないと思うから、知らなくて当然だろうが。

股間が大きく膨らんでしまって、ズボンが窮屈だった。奏は自分でそこに触れ、ファスナーを下ろしていいものかどうか迷った。

「さ……斎木さん……っ」

斎木は顔を上げて、唇をぺろりと舐めて微笑んだ。

「譲と呼べよ」

彼が奏と呼び捨てしているのだから、自分も譲と呼んでもいいのか。名前で呼ぶほど親しくないのに。けれども、ベッドでキスしている間柄で、遠慮は無用なのかもしれない。

「譲……」

「なんだ？」

とても優しい調子の応答に、奏はドキドキしてきた。自分を見つめる斎木の眼差しもとても温かい。

「勃ってるからきついんだ。脱いでいい？」

斎木はニヤリと笑い、奏の手の上からそこに触れた。

「それは俺の仕事だ」

ベルトを外され、ファスナーを下ろされる。彼の手がいやらしく下着の中に忍び込んできた。

「あぁっ……」

「先が濡《ぬ》れてる。我慢していたのか？」

「あなたの手に触れられたら……なんかこう……身体が疼くんだ」

それを聞いた斎木の顔は一瞬、曇った。だが、すぐに笑みを浮かべる。

「俺の手は魔法の手なんだよ」

「魔法……って？」

「天才エロ師の手。俺に触れられると、みんな腰砕けになるんだ。試してみようか」

冗談のように言うと、斎木の手が奏の硬くなっているものを強めに握った。奏は思わずイキそうになって、身体を強張《こわば》らせる。だが、すぐに力を和らげ、包むだけにする。奏はイキ損なって、不満げな声を出して腰を揺らした。斎木は低い声で笑った。

「まだだ。まだイかせない」

「だって……我慢できない」

「我慢するんだよ。そうしたら、もっとよくなる。腰がガクガクするくらいの快感を与えてやる」

そんなふうに言われたら、奏は耐えるしかない。斎木の手に委《ゆだ》ねるつもりで身体の力を抜くと、ズボンと下着を脱がされた。ついでにTシャツも脱がされ、ベッドの上で素裸になる。裸になるのは風呂《ふろ》に入るときだけと思っていたから、変な気分だ。

「綺麗な身体をしてるな」

斎木は奏の腹を撫でながら呟《つぶや》いた。

「お世辞はいらない。男としては、たぶん魅力のカケラもないのは判ってる」

「俺の目から見ての話だ。俺はこういうスレンダーなボディが好きなんだ。ゾクゾクしてくる」

どうやら彼は本気のようだった。身体中に掌を這《は》わせて、肌や筋肉の感触を楽しむように撫で回した。殊更、彼がテクニックを駆使しなくても、彼の手が這い回る部分が熱くなってきて、奏は困った。彼は本当に魔法の手の持ち主なのかもしれない。触られれば触られるほど、どうにもならないくらい下半身が疼いてくる。

「あぁ……もう……っ」

奏は身体をくねらせた。狂おしいほどに、痺れるような疼きが全身に広がっていて、どうしていいか判らなくなる。自分で処理したとしても、きっと満足できない。斎木になんとかしてもらわなくては……。

斎木は奏の太腿《ふともも》に手をかけて、両足を広げた。みっともない格好になったことで、奏は恨めしい目つきで斎木を見つめる。彼は大きな身体を屈《かが》めて、奏の太腿に口づけた。

「やっ……あっ……あん……」

疼きが強いものに変化する。太腿というより、内腿にキスをされ、身体が震えだしていた。

「もう……」

「まだだ」

きっぱり言われると、奏は震える自分を抑えるために、シーツをギュッと握った。

斎木は足の付け根までキスをしてくる。肝心なところには触れてもらえなくて、欲求不満になりそうだった。斎木だって、奏がどこにキスしてほしいのか、絶対に判っているはずなのに。

やがて、勃ち上がっている部分の根元にキスをしてくる。ビクンと大げさに身体が揺れる。斎木は根元からじんわりと舌を這わせ、先端へと舐め上げる。奏の身体はまた期待に震えだした。

それなのに、斎木は先端への愛撫はほんの少ししかしてくれない。焦《じ》らしているのかもしれないが、奏にしてみればたまらなかった。これほど欲求が高まっているのに、無視されるのはつらい。

「譲っ……」

奏は催促するように腰を揺らした。斎木はクスッと笑って、先端だけに舌を這わせた。円を描くように舌を動かし、小さな窪《くぼ》みをつつく。待っていた愛撫なのに、もうそれだけではすぐに物足りなくなる。奏は自分がこれほど貪欲《どんよく》だとは知らなかった。

元々、性欲はそれほど強くない。斎木のような男に舌先で舐められただけで、これほど欲望に悶えることになるとは思わなかった。

「あ……もっと……してっ」

奏は斎木にねだって、腰をくねらせた。男として、みっともない格好なのは判っている。同性に愛撫してほしいとねだっているのだから。だが、どうしても我慢できない。彼がどれほど奏を深いエクスタシーに導いてくれるのか知っているだけに、こんなものでは満足できなかった。

斎木の唇はやっと先端から口に含んだ。彼の口の中の濡れた感触に、奏は目を閉じて息を吐いた。とても気持ちがいい。舌が巻きついてきて、窮屈になってくる。けれども、それがなんとも言えない快感に繋《つな》がっていく。

「凄い……あっ……そんなっ」

斎木はせっかく含んでくれたのに、また唇を離す。そして、再び幹の部分や先端に舌先を這わせる。それを何度か繰り返され、あまり経験のない奏でも、ようやく焦らされていると判る。斎木が本気で刺激すれば、奏はすぐに達してしまうからだろう。

「焦らさない……でっ……」

斎木は笑いながら、また唇を離す。

「まだイかせない。もっと気持ちよくなってもらう」

「もっと……？」

「そうだ。俺は君をもっと淫《みだ》らな人間にするつもりだ」

その一言は、奏をゾクゾクとさせた。彼の愛撫の威力は凄いが、それ以上に彼の言葉には力がある。言葉だけで、奏の身体を燃え上がらせる人間は滅多《めった》にいない。というより、この男だけだ。

斎木は奏の両足を大きく広げた。彼はその中央に目を向ける。男同士でも裸でこんな格好をさせられて、じろじろと見つめられたら恥ずかしい。特に、相手がその気になっている男なら。

斎木はじっくりと見つめた挙句、ニヤリと笑った。

「なんで笑うんだよっ」

よく判らないが、じろじろ見た挙句に笑うとは、ずいぶん失礼な行動に見えた。

「いや……可愛いピンク色だなと思って」

「な、何が……？」

「何がって、聞きたいのか？」

「いや。聞きたくない。言うな」

彼が見つめた場所は一箇所しかない。それは間違いなかった。

斎木が足をぐっと押し上げると、奏の秘所が露《あらわ》になった。恥ずかしいと思う間もなく、斎木の顔がそこに埋められる。

「やっ……ちょっと……ああっ」

彼の柔らかい舌がその部分を舐めていた。あり得ない。いや、冷静に考えれば、あり得る。男同士がそこを使うことは知られている。けれども、いきなり舐められるとは思わなくて、奏は驚き、そしてうろたえていた。

確かに自分はこの行為に同意した。だが、こんな恥ずかしいことまでするとは思わなかったのだ。

とはいえ、彼の舌の動きはとても優しくて、何度も舐められれば、身体の緊張は解《ほぐ》れてくるし、快感もおまけについてくる。

快感……？

奏はそんな場所を舐められて、自分が快感を覚えることを予定していなかった。ただ、斎木がそうしたいのなら、してもいいと思った。その代わり、キスして抱き締めてもらい、ついでに研究所でされたようなことを、もう一度してもらいたかっただけだ。

『そこ』も気持ちいいものなのだろうか。舐められている今、確かにそうだと言えた。身体がビクビク震えるような激しいものではないが、だるいような鈍い快感がある。そして、それが次第に強くなっていき、蕩《とろ》けるような気分になっていた。

なんだろう。これは……。甘くて夢見心地になってくる。彼のことを心から受け入れてもいいと思える。彼なら、きっと痛いことはしない。それどころか、もっと感じさせてくれるはずだ。

斎木の指が奏の蕾《つぼみ》をつついた。

「あっ……」

奏は小さな声を上げた。甘ったるい夢のような心地よさに漂っていたはずなのに、指が触れるだけで身体に電流が流れるような衝撃が走った。心地よさとは正反対の快感。奏は新しい感覚に息を呑んだ。

彼の指がそこの周囲をゆっくりと撫でると、奏の身体は魔法にかかったようにビクビクと小さく震える。

「やあっ……あっ……ぁっ……」

奏が感じているところを、斎木は見つめている。そういえば、彼は奏をもっと淫らな人間にすると言った。つまり、それがこういうことなのだろうか。

そのうち、指が中心に向かって押し当てられていく。まるで指を内部に突き刺すように……いや、突き刺しているのだ。間違いない。彼の目的は元々それなのだから。

指なんか入れられても痛いだけだと思っていた。不快な気持ちを我慢するつもりで身構えていたのに、ちっとも痛くない。少しは異物感のような違和感があるが、そんなに大きなものではなかった。

他人の指が自分の中に入っている不思議さに、奏は眩暈を覚えた。ほんの少し前まで、自分はこういう経験をするとは思っていなかったのだ。残念ながら、予知能力はない。自分にあるのは過去を視る能力だから。

指はゆっくりと内部で動いていく。最初は遠慮がちだった動きも、やがて大胆になっていく。そして、抜き差しされているうちに、いつの間にか奏は内部で感じるようになっていた。

とても信じられない。しかし、内部に快感のスイッチのようなものがあって、そこが指で擦《こす》られると、すっかり無抵抗になってしまう。強すぎる快感になすすべもないのだ。腰から力が抜け、奏は甘い吐息と共に淫らな声を上げていた。

「ああっ……あん……あぁん……っ」

正気の沙汰《さた》ではない、と自分でも思う。けれども、声を我慢できない。自分でも止められないのだ。身体が感じるままに正直に声が出ていた。

「凄いだろう？」

奏は頷いた。

「す……すご……ぁ……っ」

途中で指が増えていた。二本の指がぐいと押し込まれ、再びぐいと引き戻される。その繰り返しに過ぎないのに、身体は燃え上がっていた。

しかし、それも中途半端にやめられてしまう。奏は落胆した。最後まで感じたいのに、途中でやめられては欲求不満が募るばかりだった。

「もっと凄く感じさせてやる」

斎木はそう言いながら、ズボンのベルトを外し始めた。奏は思わず唾《つば》を呑み込んだ。これから起ることはやはり怖い。納得していて、受け入れることにしているが、いざとなると怖いに決まっている。

彼は次々と着ていたものを脱ぎ、奏の目の前で裸になった。思ったとおり、とても男らしい身体だった。細すぎず、たくましすぎず、もちろん太ってはいない。硬そうな筋肉に覆われていて、奏は彼の身体に見とれてしまった。自分の身体つきにコンプレックスがあるせいか、こういう身体は大好物なのだ。ずっと見つめていたいくらいだ。

しかし、股間のものは硬く反り返っていて、やはり恐怖を感じる。指ならいいが、本当にこれが自分の中に入るかと思うと、痛みが想像できてしまう。けれども、ここは斎木を信じよう。それに、彼に身を任せるともう決めているのだ。それを翻すことはない。

勃ち上がっているものが蕾へと押し当てられる。

「力を抜いて。君がすることはそれだけでいい」

「うん……」

奏は言われたとおりにしようと思った。だが、なかなかできない。こんなに緊張していたら、余計に痛いに決まっている。

そのとき、斎木が奏の股間に触れた。

「あ……」

焦らされ続けたものに愛撫が加えられ、奏の身体から力が抜けた。すると、その隙《すき》に腰がぐいと突き入れられる。

「痛っ……ああっ……」

「大丈夫だ、奏。俺を信じて」

彼に励まされて、奏はなんとか我慢をする。いっそ途中でやめて抜いてほしかったくらいだが、耐えることにした。もっと感じさせてやると約束したのは彼のほうだ。彼が約束を守るまで、奏からギブアップしない。

やがて、奏は彼のものを全部奥まで挿入された。苦しいが、それでも変な満足感があるのは確かだった。頑張った気分だろうか。しかし、そんな思いも斎木が腰を動かすまでだった。

「えっ……やぁっ……ぁっ」

彼のものが内部を擦っていく。もちろん内部の敏感な部分も擦られて、奏はあられもない声を上げた。ものすごく感じている。こんな快感は初めてだった。

どうしよう。こんな快感の味を覚えさせられてしまったら……。

もう今までの性的に淡白だった自分には戻れない。エッチに興味がないのではなく、きっと奏は女に興味がなかったのだ。そうに違いない。男に抱かれるのがこんなに気持ちいいとは、まさか思わなかった。

奏はただ斎木という人間に頼りたかっただけで、こんなことまで望んでいたわけではない。けれども、ひょっとしたら無意識のうちに望んでいたのかもしれないとも思った。そうでなければ、自分がここまで感じて、彼にしがみついている理由が判らなかった。

身体の奥底から叫びだしたいような悦《よろこ》びを感じる。刺激による性的快感は、身体の表面で感じるものと決まっていた。それなのに、今は内部で感じている。それも思いも寄らぬ激しいものだった。斎木が動く度に、奏は声を上げた。声を出さずにはいられなかったのだ。我慢できないほど気持ちよすぎて。

「声……声が……うるさい？」

あまりに喘ぎすぎだろうかと思って、斎木に尋ねた。彼は顔を近づけ、優しく微笑んだ。

「いいや……。声を出されると、俺も感じる」

そういうものなのだろうか。奏は彼の首に腕を回した。身体をもっと密着させたい。肌と肌で、彼を感じていたい。そうすれば、もっと気持ちよくなれる気がした。

「ああ……譲っ……あっ……」

下半身から熱いものが込み上げてきて、やがてそれが爆発しそうなくらいに大きくなる。奏は斎木の背中にしがみつき、身体を強張らせる。その瞬間、強烈なエクスタシーが全身を貫いた。

「あぁぁっ……！」

斎木もまた奏を強く抱き締めたまま、彼の内部へと熱を放っていた。

しばらく、二人はしっかりと抱き合ったままだった。速い鼓動のリズムと荒い息が収まるまで、奏は彼を離したくなかった。

快感が穏やかな余韻と変わって、斎木はやっと身体を起こした。彼のものが自分の中から出ていくとき、何故だか少し惜しいような気がした。こんな機会が何度もあるかどうか判らない。奏はしばらく居候することになるだろうが、別に恋人でもなんでもないのだから、確かなものは何もなかった。

斎木は汚れた身体を拭《ふ》いてくれ、再び裸で奏の隣に寝転んだ。彼の肌が自分の肌に触れて、思わず奏は彼に寄り添った。まるで恋人みたいに。

斎木は奏の目を見ながら、髪をそっと撫でてくれた。彼は穏やかに微笑んでいて、奏と同じで今の時間を楽しんでいるように見える。

「君はクールそうに見えるのに、実はずいぶん情熱的なんだな」

「僕があれほどうるさく喘ぐとは思わなかったってことかな？」

「感じやすいという点ではそうだろう。だが、俺はそういう意味で言ったんじゃない。君の眼差しや仕草にそれが表れていると言いたかったんだ」

自分の眼差しや仕草に何があったのだろう。奏には判らなかったが、それを詳しく問い質《ただ》したいとは思わなかった。

斎木はふと奏の手を取ると、掌の十字の傷跡をじっと見つめた。

「子供にこんな惨《むご》いことをした犯人は見つからなかったのか？」

「当時は、僕も小さかったから、何も判らなかったが、後になって図書館で当時の新聞や週刊誌を読んだんだ。それによると、警察は怨恨《えんこん》による殺人だと考えて捜査していたらしい。でも、結局、容疑者は特定できなかった」

「怨恨という線は間違いだった……とか？」

「そうかもしれない。ただ、両親は何度も傷つけられていた。部屋も荒らされていなかったし、金目のものも盗《と》られてなかった。それに、僕を殺さないまでも、異様な傷跡までつけて放置した。何かとてつもない恨みがあったとしか思えない」

「なるほど……」

斎木は頷きながらも、何か言いたそうな顔で眉をひそめた。奏には彼が何を言いたいのか、よく判っていた。何故、自分の両親を殺した犯人を探そうとしないのかと彼は疑問に思っているのだ。サイコメトリーの能力を使えば、殺された理由について見当がつくはずだった。

「あのとき何があったのか、僕には記憶がまったくない。気がついたら病院のベッドの上で、側で親《しん》戚《せき》が泣いていた。それから……退院した後だった。サイコメトラーの能力が現れたのは」

「生まれつきではなかったんだな」

「僕は突然現れた能力に戸惑った。相談すべき両親はいない。他人の思考や過去の出来事に巻き込まれて、自分の思考や現実と区別がつかなくなるんだ。あまりの恐怖に何日も学校へ行けなくて、ずっとベッドの中で震えていた。それを事件のせいだと周囲は思っていたが、本当は違った。両親の死は何度も訪れない。けれど、僕の恐怖は一日中続いたんだ」

斎木は奏の頭を労《いたわ》るように自分の胸に抱き込んだ。彼の温もりが伝わってきて、その心地よさにホッとする。これほどの安らぎを与えてくれる人間は、きっと彼しかいない。

「そのうち、コントロールができるようになった。でも、誰にも言わなかった。ただでさえ、周囲は気を遣ってくれていた。そんな変なことを言い出したら、きっと病院に連れていかれたに決まっている」

「普通の人間は超能力なんて信じないものだ」

しみじみと言う斎木に、奏は少し笑った。無条件に超能力を信じるのは、あの研究所にいる人間か、オカルト雑誌のライターくらいだ。だが、斎木も最初は半信半疑だったのではないかと思う。とりあえず、占い師にあまり興味がなかったのは確かだ。

「あなたは僕が、どうして自分の両親が殺された事件について超能力を使って調べなかったのか、不思議に思っているんだろう?」

「ああ……。俺がサイコメトラーなら絶対に事件のことを知ろうとしただろうから」

奏は自分の掌と斎木の掌を合わせた。彼の手のほうが一回り大きい。体格がこれだけ違うのだから当たり前かもしれないが、自分は彼のようなたくましさがない。心が弱いのだ。

「怖いんだ……すごく」

奏は小さく溜息をついた。自分の意気地のなさが嫌になる。

「実を言えば、まだコントロールができないときに、家に戻ったときがある。現場だった部屋に入ったとき……僕には血の海が視えた。父が痛みに呻《うめ》き、母が恐怖に怯《おび》えている。僕はその場で失神したよ。それから二度とその部屋には足を踏み入れなかった。両親の遺品にも触れたくなかったくらいだ」

今、それを思い出しても、失神しそうだった。だから、本気で思い出す気はない。自らサイコメトリーで犯人を探すなんて、絶対にできないことなのだ。

「そんなにつらいことなのか？」

斎木は真剣に尋ねてきた。そういえば、彼は自分の母親が殺された場面を、奏に視させようとしている。そのためにここへ連れてきたのに、今になってそれがとてもつらいことだと知り、迷いが生じているようだった。

奏は顔を彼の胸から離し、少し笑ってみせた。

「つらい。けど、約束は守る。あなたがお母さんを殺した犯人の手がかりを知りたいという気持ちは、僕だって判るつもりだから」

彼は奏に癒しを与えてくれた。たった一時のものかもしれないが、それだけでも奏は彼に感謝している。それを伝えるつもりはなかったが、彼のために何かしてあげたいという気持ちになっていた。もちろん約束は最初から守るつもりだったが。

「ありがとう……奏」

斎木の言葉が奏の胸に染み入る。誰からも感謝の言葉を言われたことがないわけではないのに、彼の言葉だけが何故だか特別に聞こえた。

いや、彼をそこまで特別視してはいけない。ほとぼりが冷めれば、奏はどこか地方に行き、占い師として暮らそうと考えている。彼とは違う道を歩むことになり、連絡を取り合うことすらないだろう。そう思うのに、自分は今、どうして彼とこうして裸で抱き合っているのだろう。温もりを離したくなくて、いつまでも彼に寄り添っているなんて、馬鹿馬鹿しいことだ。

彼は確かに奏にとって、救い主だろうと思う。境遇が自分と似ていて、自分のことをこれだけ理解してくれる。けれども、やはり別れはくるのだ。

奏は不意に身体を起こした。斎木もまた同じように起き上がる。

「お母さんの指輪、出して」

「今からか？　君はまた……」

ついさっき、サイコメトリーの結果を思い出すだけで、具合が悪くなっていた。けれども、先延ばしにしていたところで意味はない。

「大丈夫。あなただって、早く知りたいんだろう？」

奏はさっさと服を身につけた。斎木も服を着て、二人は彼の書斎へと移動した。大きな机にはパソコンとプリンター、そして筆記用具や紙類などが置いてある。そして、脇《わき》には資料なのか本が山積みになっていた。部屋の壁には背の高い本棚があり、オカルト関係の本が山ほど並んでいたが、その中に『斎木譲』名義の本が数冊混じっていて、奏は微笑んだ。本のタイトルがいかにも怪しげなものばかりだったからだ。

「何、笑っているんだ」

斎木は机の引き出しの中から、指輪が入ったジッパー付きのビニール小袋を大切そうに取り出した。

「あなたは面白《おもしろ》そうな本を書いてるんだね。『宇宙人侵略のメッセージ』とか」

「ああ……それか。君が読むなら『世界オカルトベスト一〇〇』がお勧めだ」

「今度、天才エロ師の話を書くといいよ。イロモノ超能力者として」

冗談はこれくらいにして、小さなソファに腰を下ろした。斎木がガラステーブルの上に小袋を置く。奏はビニールから取り出した金色の細い指輪をじっと見つめて、深呼吸をした。

精神を集中させて、前に感じた恐怖を追い払う。怖がっていてはいい結果が得られない。奏は自分をスキャナーだと考え、ひたすらこの指輪に残っている思念を読み取ることにする。

もう一度、深く息を吸い、頭の中を真っ白の状態にしてから、ゆっくりと手を翳した。

喉をかき切られ、声も出せずに血の海に横たわる女性のイメージが頭に浮かぶ。彼女はまず中学生の息子のことを考えている。幼い頃の息子の姿が頭に浮かぶ。成長し、中学生になり……それから自分が死に至ることの恐怖を感じている。自分の死後、息子は一人で生きていかなければならない。そのことを心配し、自分の命がここで見知らぬ他人によって断ち切られることに対しての憤りが感じられた。

そう。あなたは誰に殺されたんだ……？　教えてくれ。頼む。

斎木の母親の残留思念は、息子への愛情が主だった。その中で憎しみの相手を探すことは困難な作業だ。だが、奏は精一杯、必要なことを読み取ろうと集中した。普段は頭に浮かぶものしか読み取ることはしない。奏にとっては、これは初めてのことだった。

頭の中に白い閃光《せんこう》が走った。

欲しい情報が奏にもたらされる。それは、彼女が夜中の侵入者に気づいたときのものだった。彼女は物音に目を覚まし、警戒しながら布団から起き上がった。そして、居間の明かりをつけたときに、男と遭遇した。包丁を持って、残忍な表情の男の顔を彼女は確かに見ていた。

そして、男は愉悦の笑みを浮かべて、包丁で彼女の喉を一気に切り裂いた。

奏は弾かれたように立ち上がった。恐怖で叫びだしてしまいそうだった。身体が震えている。額には脂汗が出ていて、貧血を起こしそうな状態になっていた。

「奏……！」

斎木も立ち上がり、震えが止まらない身体をしっかりと抱き締めてきた。奏は呆然《ぼうぜん》としたまま、自分の視たものを思い出していた。

「あの……あの男だ！」

「どの男だ？　知ってる奴なのか？」

斎木は奏の肩を摑んで揺さぶった。奏は精神を集中させすぎたために、頭が現実に戻れず、適切な言葉がなかなか出てこなかった。それでも、なんとか言葉を探して、喘ぐように彼に伝える。

「占いに来た……あの殺人犯……！」

奏は斎木の目が炎のように燃え上がるのを見た。

「本当か、それは？　絶対に確かか？」

奏は頷いた。

「あいつは今より若かった。二十代くらいだった。あなたのお母さんは強盗に殺されたんじゃない。快楽殺人が目的で、ついでに盗んだんだ。たぶん捜査をかく乱するのが目的かも……」

奏は言葉を詰まらせた。自分を腕に抱いている斎木の顔が復讐者のそれになっていた。さっきまでの穏やかな表情ではなく、憎しみをたたえた表情となっている。彼が犯人を憎む気持ちは理解できるが、あまりの変化に、奏はたじろいだ。

テレパシー能力がなくても、彼の今の思考は読める。彼はきっと手段を選ばない。どんなことをしてでも、犯人を捕まえようとするだろう。あるいは、犯人を追いつめて殺すかもしれない。

それくらい強い憎しみが奏の心を突き刺していた。自分に向けられたものでもないのに、奏は敏感にそれを感じ取ってしまう。

「譲……」

奏は自分の弱々しい声音に腹が立った。自分の救い主が地獄に落ちようとしているのに、それを救えないのだろうか。やはり、こういうことに能力を使うのは間違いだったかもしれない。奏は斎木に手を貸すつもりで、彼を煉獄《れんごく》に突き落としていた。これほど強いマイナスのオーラを放てば、必ず不幸になる。いや、不幸を呼び寄せてしまう。本物の占い師でなくても判ることなのだ。

しかし、これは斎木が隠していた本性のようなものかもしれない。人当たりのいいオカルト雑誌のライターが、母親が死んだあの日からずっと心に秘めていたものに違いない。

奏は戸惑った。そして、恐れた。斎木は犯人探しに夢中になるだろう。それに協力できるのは、奏しかいなかった。もし協力してくれと言われたら、断れるだろうか。

いや、断れるわけがない。奏はすでに斎木譲のすべてに魅了されていた。

斎木は協力してほしいと頼みさえしなかった。当然、協力するものという態度で、犯人探しのために、まず奏のマンションを二人で訪れることにした。

奏はあの殺人犯の魔の手から逃げ出して、研究所に逃げ込んだものの、住所が割り出されているかどうかは判らなかった。ただ、襲われたのはマンションの近くであったし、危険性を考えると、あのまま住み続けることはできなかった。奏が臆病なだけかもしれないが、あの男の思考に一度でも触れたことのある人間なら、危険は冒せないと判るはずだ。

とはいえ、あの男の思考に触れた人間は奏だけなのだ。きっとあんな山奥まで逃げた気持ちは、誰にも理解してもらえないだろう。

奏は恐る恐るドアを開けて、部屋に足を踏み入れた。緊張したものの、自分がこの部屋を出て以来、誰もここに入っていないことが判る。見た目だけでなく、空気で判る。なんとなくそう判るだけなのだが、恐らく間違いない。

「よかった……。部屋にあの男の思考が残っていたら最悪だから」

犯人が捕まらなければ、ここに戻って住むことはないと思うが、やはり変な思念に触れたくはないのだ。

「本当にあいつは忍び込んでないのか？」

斎木はここに来てないのがいかにも残念そうに尋ねてきた。

「来てない。自分の部屋だから、異質なものが混じった空気はすぐに判る」

そういえば、奏はこの部屋に人を招いたことはない。招くほど親しい友人がいなかったこともあるが、ここにやってきたのは斎木が初めてだった。

斎木は特に異質な存在のようには思えない。身体を重ねたからかもしれない。今の自分には非常に馴染んでいた。ただ欲を言えば、彼の復讐心がなければ、もっといい。それが斎木という人間を台無しにしていた。

しかし、彼の気持ちは判る。判りすぎるほど判ってしまう。奏はそう考えて、唇をひそかに噛《か》んだ。

「そうか……。何か手がかりがあるとよかったんだが」

斎木はガッカリしたような顔で、部屋の中を見回した。ふと、リビングの片隅に置いてある写真立てに目を留める。

「これは？　ご両親か？」

遊園地での一シーンだ。仲のよさそうな親子三人の写真だった。若い両親に幼い一人息子。今更ながら、その写真を見て、胸に何か言い知れない苦しみのようなものを感じた。この幸せそうな家庭を壊したのは、一体誰だったのだろう。その犯人は今ものうのうと生きているのだろうか。

斎木は写真立てを手に取り、それをじっと見つめる。

「君は俺のために能力を使って、苦しい思いを我慢してくれた。だとしたら、今なら、自分の両親のためにも我慢できるんじゃないのか？」

斎木にとっては、それが一番不思議なことなのだろう。そうする能力がありながら、肝心なことに使わない奏がおかしく思えるのだ。

「他人と家族は違う。身内の人間の死の間際の心を読みたくない」

「その当時、君自身が身につけていたものはないのか？　それなら、自分のそのときの思考を読むだけだ」

「残念だけど……その頃のものはもうない」

あのとき身につけていたものといえば、パジャマと下着と自分を拘束したビニール紐やガムテープくらいだろう。十数年経《た》った今、そんなものを残しているわけがない。家具も処分されていて、家も売り払われている。

「俺にはやっぱり判らないな。自分がその能力を持っていたら、どんなに苦しくても絶対に利用していたのに」

「利用って……」

思わず奏は呟いていた。斎木の言葉に引っかかってしまったからだ。

斎木が奏の能力に頼ったのも、『利用』されたということなのだろうか。言葉の問題ではなく、斎木の考えの問題だった。彼は奏を利用しようとしているだけなのか。

今更ながら、奏は愕然《がくぜん》とした。

彼の目的は最初から判っていたのに、何を驚いているのだろう。奏は自分の気持ちが判らなかった。いつどこで、自分は利用されているわけではないと思い込んでいたのか。

それは、彼が奏に優しくキスをしたときだろうか。それとも、髪を撫でてくれたときか。そうでなければ、ベッドで親密な行為をしたときなのか。

そうだ。僕は彼に利用されている。

そう考えたとき、奏は絶望を感じた。

奏は斎木に対して特別な感情を抱いていた。それがなんなのかは、自分でもよく判らない。彼とは似たような生い立ちだったということと彼が自分の理解者であることが、奏をより彼に近づけている。だが、それだけでもない。彼の腕に抱かれ、唇を合わせ、身体を重ねたことも理由のひとつだ。彼の放つ独特の雰囲気や存在感にも惹かれている。何より始末の悪いことに、奏は彼の復讐心を決してよいことだとは思わないのに、手を貸したくてたまらないのだ。

自ら利用されることを望んでいるとしか思えない。斎木に言われるままに、この部屋まで来てしまった。本当はしばらくの間、近寄りたくなかったのに。

とはいえ、自分が最も恐れていた男が、斎木の復讐の対象だった。彼はこれを逃さないだろう。利用できるものは、きっとなんでも利用する。ベッドで濃密な時を過ごした相手であっても、彼にとっては関係ない。奏は彼に操られて、犯人をおびき寄せる餌《えさ》となるだろう。

それが判っていても、奏は彼から離れることができなかった。もちろん、奏が姿をくらますことを、斎木は決して許さないに決まっている。だが、彼が強制しなくても、奏は彼に従ってしまうだろう。

それが判っているからこそ、奏はそんな自分が怖くてならなかった。

「あなたは犯人を見つけたら、どうするつもりなんだ？　警察に逮捕してもらう？　それとも、自分の手で……？」

写真立てを元に位置に戻そうとする斎木の手が震えた。奏に鋭い視線を向けてくる。奏は彼の眼差しを見て、息を呑んだ。彼はゆっくりと口を開いた。

「判らない……。犯人を目の前にして、自分がどういった行動に出るのか。証拠が何もなければ、訴えることはできない。だったら、いっそ……とは思う」

奏はそれが恐ろしかった。彼にそんな暗黒の世界へ行ってほしくない。彼はすでに母親が殺されたことで、暗い恨みと復讐心を持っている。それだけでも、心の中に闇を抱えているのと同じことなのだ。それに加えて、殺人の罪まで犯してほしくなかった。

彼を止めなくてはならない。どうにかして止める方法はないのか。

奏は必死で頭を巡らせた。

「あなたが……僕を利用しようと考えていることは判っている」

そう告げると、斎木は小さく頷いた。そんなことはないと気休めにでも言ってくれるかと思ったが、そうではなかった。彼はそれを隠すことすらしない。自分の気持ちが奏には判っているはずだと思っているからなのだろうか。

「犯人を探すには、君の助けが必要だ。あいつは君を探しているはずだから」

探して息の根を止めようと考えているはずだ。だから、奏は逃げたのだ。

「僕はあなたを助ける。だけど、約束してほしい。あいつを殺さないでくれ」

斎木の目はカッと見開かれた。

「なんだって？」

「殺さないでほしい。警察に通報してほしいんだ」

「証拠が見つからなかったら、あいつは自由の身だ。君はあいつを野放しにする気なのか？　俺の母親を殺した犯人を！」

斎木はぐっと奏のほうに足を踏み出した。彼の大きな身体からは威圧感が感じられる。奏はそれに負けずに、彼と必死で目を合わせた。

「約束して！　そうでなきゃ、協力できない」

奏の協力が得られなければ、斎木は犯人を見つけることができない。そもそも犯人の顔を知っているのは奏だけなのだ。

「……判った。約束する。殺しはしない」

斎木はやっとのことでそう言った。しかし、これで安心できるわけではない。彼が約束を守るかどうかは、犯人と対峙《たいじ》したその瞬間まで判らないのだ。

だが、奏はその場に居合わせられるはずだ。そのときは、絶対に彼を止めようと決心していた。

今まで奏は他人と強い関わりを持たずに生きてきた。誰も信じられなかったからだ。他人に感情を移入することもない。ただ表面上の付き合いしかしてこなかった。しかし、斎木は違う。奏が築いた人壁を乗り越えてきた唯一の人間であり、奏のほうも彼に本心を明かした。自分にこれほど近づいた人間はいない。だからこそ、彼が人を殺すことで心が暗黒に染まる危機を回避しようと考えていた。

彼はたぶん自分にとって、とても大切な人間なのだ。奏はそう思わずにはいられなかった。そうでなければ、こんなに必死に止めない。

それに、相手は恐らく何人も殺している。ということは、こちらにとって安全だと判る場所で罠《わな》を仕掛けなくてはならない。斎木が逆に殺されてしまうようなことがあってはいけないからだ。もちろん奏も無事でいたい。

斎木はしばらく奏を見つめていたが、小さな溜息をつき、額に落ちた前髪をかき上げた。

「君の部屋、少し見て回ってもいいか?」

「どうぞ。でも、別に面白いものは何もないと思うよ」

斎木が普通の調子で話し始めたのにホッとして、奏も調子を合わせた。

「メリーアンも連れてくればよかった。久々の里帰りだから」

「里帰りだなんて、君は俺の嫁か?」

斎木は口元に笑みを浮かべている。そういう柔らかい表情のほうが、彼に似合っていると思う。奏は彼とキスをしたことを思い出して、なんとなく口元を見てしまった。斎木はそれに気づき、素早くキスをしてくる。

「女王様がいないときに、君を口説くのも悪くない」

「どうして、メリーアンを女王様と呼ぶんだ?」

「いつもどっしり構えているからかな。世の中のことはみんな判っているという顔で、いつも俺達を見ている」

「確かにそんなふうに見えるよね……」

たかが猫とはいえ、そう言わせないものが彼女にはあった。

「君の飼い猫だから、超能力猫なんじゃないか？　実は人間の言葉を話したりするかもしれない」

奏は噴き出した。その発想こそ、あの怪しげなタイトルのオカルト本に書いてありそうなことだったからだ。

「こっちの部屋のクローゼットには、あのジュリエットの衣装があるんだ」

先に立って歩き、リビングの横にある寝室のクローゼットを開いた。きらびやかなドレスがそこにぶらさがっている。

「派手《はで》だなあ。これは君の趣味？」

「占い師って、神秘性が大事だから。普通の格好より、これだけ目立っていたほうが、お客さんに覚えられやすいし」

「なるほど。確かに目立つよな。俺も最初に見たとき、このドレスに度肝を抜かれた」

奏は肩をすくめた。

「一緒に来た女の子にしか関心がないかと思ってたけど」

「焼きもちかな？」

「違う！　あのとき、写真ばかり撮っていただろう？　占いのことなんて、まるっきり聞いてなかったし」

「綺麗だから、写真ばかり撮っていたんだよ。本当に綺麗だった……」

斎木は奏のおとがいに手をかけて、そっと上を向かせる。頰《ほお》が熱くなるのが判った。女ではあるまいし、綺麗だと褒められてもちっとも嬉《うれ》しくないはずなのに、彼に言われると心が揺れてしまう。

彼の手が奏の喉をゆっくりと撫でる。奏は唾を呑み込んだ。奏をじっと見下ろす瞳《ひとみ》に熱がこもっていた。

「僕は猫じゃないよ……」

「君は猫みたいなところがある。喉を撫でられるのが好きなんじゃないか？」

「僕は……喉じゃなくて……」

「他のところがいい？」

斎木は奏のシャツのボタンを外し、その隙間に手を差し入れる。すぐに突起を見つけて、そこを指で撫でていく。

「んっ……あ……」

奏は目を閉じて、その感覚に身を任せた。斎木の手に触れられると、いつもこうなる。奏は自分が抑えられなくなっていた。

胸を撫でられているだけなのに、乳首だけでなく下腹部が硬くなる。彼に全身を撫でてもらいたかった。猫のように甘やかしてほしい。

「譲っ……」

「なんだ？」

「ベッドは……そこにあるよ」

斎木はクスッと笑った。もちろん斎木には、案内するまでもなく、最初からベッドが目に入っていたことだろう。

「ちょうどいいな。少し休もうか」

斎木は奏と共にそこに腰かけた。そして、シャツをはだけさせると、乳首を弄りながらキスをしてきた。

「んんっ……んっ……」

舌を絡められながら、感じるところを刺激されている。彼は冗談のように自分は天才エロ師だと名乗っていたが、本当にそうかもしれない。何人もの男女が彼のテクニックに陥落したのだろうか。

そう思うと、奏の胸に何か痛みのようなものが走る。それが嫉妬《しっと》だと判ると、急に笑い出したくなった。それほどまでに、自分が斎木に懐いているのが、妙におかしかった。

彼は男だ。自分も男だ。男が相手でも彼は構わないらしいが、それでも女を抱けないわけでもないのだ。ひょっとしたら女のほうがいいかもしれない。だとしたら、自分の出る幕などない。最初から、ほとぼりが冷めたら彼の元を去るつもりだったのだ。犯人を特定して、警察に通報したら、それで最後ということだ。

どんなに斎木に心を寄せたところで、二人の間に何か進展があるわけではない。それだけは、ちゃんと理解している。だから、これ以上の気持ちを彼に持つのは間違いだった。

そう思ったところで、感情は簡単にコントロールできない。精神集中のコントロールには長《た》けていても、気持ちは斎木へと過剰に傾いたままだった。そして、身体の反応もまた奏の思うようには操れない。

彼の温かい掌が奏のシャツの中を撫で回している。奏は思わず熱い吐息をついた。彼の手は本当に魔法の手かもしれない。触れられるだけで、理性を失《な》くす。

いつしか二人してベッドに倒れ込んでいた。斎木の目を覗くと、彼もまた欲望に逸《はや》っているのが判る。熱情をたたえた眼差しで奏を見つめていて、不覚にもときめいてしまう。

乙女ではあるまいし。

奏は自分のときめきを心の隅に追いやることにした。それでも、胸の中の何かもやもやとした奇妙な感覚は抜けない。たった数日で、ここまで骨抜きにされている自分が恨めしくもあった。

激しく口づけを交わし、気がついたときには、奏は彼の上に馬乗りになっていた。そういうつもりではなかったが、これから自分が彼を襲うみたいだと思った。

いや、いっそ襲ってみようか。

奏は斎木の顔を見下ろし、自分から彼の唇に口づけた。舌を侵入させ、思う存分、彼を貪《むさぼ》る。舌を絡め、それから彼の口の中を自分の舌で柔らかに愛撫する。それから、口を離すついでに彼の唇を舌でなぞった。

「やっぱり、猫みたいだ……。舌で舐めるのが得意……」

奏は彼の頑丈そうな顎《あご》に軽く歯を立ててやった。斎木は少し笑って、奏の背中に手を回して、強い力で抱き締める。

「君は素敵《すてき》だ。他に何をしてくれるんだ？」

「何がしてもらいたい？　爪《つめ》で引っかくとか？」

「爪も歯も嫌だな。舌で舐めてもらいたいところはある」

奏は彼が何をしてもらいたいのか、すぐに判った。奏自身、口でされるのが好きだからだ。

「そう……。どこかな」

奏はわざと彼の膨らんだ股間に自分の股間を擦りつけた。もちろん自分の股間も硬く反応している。

「君が舐めてくれるなら、どこでも歓迎だ」

「じゃあ、僕の好きにするよ」

奏は彼のシャツのボタンを外し、そこら中にキスをした。彼の魔法の手には及ばないかもしれないが、奏も彼を少しでも気持ちよくさせたかったからだ。自分が彼の愛撫に酔うように、彼にも酔ってもらいたい。

「こんなたくましい身体つきになるのは、どんな努力が必要なんだ？」

奏は彼の張り詰めた筋肉を羨ましく思い、掌でうっとりと撫でていく。

「学生時代、スポーツをしていたからかな。それから、よく食べた」

「僕はあまり食べなかった。スポーツもしなかった。いろいろ……あったから」

幼いときに両親を奪われ、奏は苦しい半生を送ってきた。だが、自分だけが不幸なのではない。それは判っている。

とはいえ、自分のように超能力に苦しめられた人間は、そうはいないだろう。

奏は彼のシャツを左右に開き、筋肉の流れを楽しむように唇を這わせた。自分がたくましくないことにコンプレックスを抱いているとはいえ、こんなに筋肉にこだわっているのは、少しおかしいかもしれない。しかし、奏は彼の身体がとても好きだった。

「あなたの身体、食べたいほど好き」

斎木は奏の表現に苦笑した。

「食わないでくれ。いや、食う真似だけにしてくれ」

奏は笑いながら、ズボンのベルトを外しにかかった。斎木の下着の中から自分の欲しいものを取り出す。

「あったよ」

「なかったら困る」

奏は彼の冗談を無視して、硬くなった彼自身を掌の中に包んだ。熱くて猛々《たけだけ》しい。自分の好みだ。

奏は躊躇うこともせずに、身体の位置をずらしてその先端にキスをした。

こんな大胆な真似が自分にできるとは思わなかった。彼の性器を舐め、口に含む。同時に一対の果実を手で弄《もてあそ》んだ。自分と同じ性を持つ彼のものを熱心に愛撫するのに、それほど勇気が必要ではなかった。その事実に奏は驚いていた。ごく自然にやってしまったのだ。もしくは、自分がしてみたかったからだろう。

やはり、斎木という男は、奏にとって特別なのだ。奏は彼の身体を愛撫することを楽しんでいた。自分の愛撫で彼に反応を起こさせたい。彼の身体に自分という存在を刻みつけておきたかった。

夢中になって根元からしゃぶっていると、斎木に顔を上げさせられた。

「もう……いいよ」

「気に入らなかった？」

自分では彼が喜びを得られるように奉仕してみたのだが、やり方がまずかったのかもしれない。

「いや、そうじゃなくて。……よすぎるんだ。よすぎて、すぐにイッてしまう」

斎木は奏の身体を抱き寄せて傍らに横たえると、うつ伏せの状態にさせ、背中の上から軽く押さえた。

「攻守逆転ってやつだな」

「僕にもよすぎることをしてくれるんだ？」

斎木はにやりと笑って、脱げかけた服を脱いでしまった。そして、奏の服に手をかける。ズボンと下着を足首から引き抜かれ、シャツも脱がせられる。

「君の背中は綺麗だ」

「でも、筋肉もついてないし、弱々しいから嫌いだ」

「俺は好きだ。肌もこんなに滑らかで、手触りがいい」

斎木に背中に手を滑らされて、あまりの気持ちよさに思わず仰《の》け反《ぞ》るところだった。

「あ……んっ……」

斎木は撫でるだけでなく、キスもしてくる。柔らかい唇の感触が背中に感じられ、奏は身を震わせた。

彼の唇は手と同様に、触れられた部分が熱く感じられる。そして、身体の内部にまるで嵐《あらし》のようなうねりを引き起こす。これほどの快感をもたらしてくれるなんて、彼はこの行為にたくさんの経験を積んでいるに違いない。

もちろん嫉妬しているわけじゃない。嫉妬してなんになるだろう。奏は今という時間だけ、彼のものになっているだけだ。それも、現実には彼のものではない。お互いに欲しいものを取引をしたパートナーといったところだろう。

もっとも、こんな行為は取引内容には入っていなかったはずだ。それでも、奏はこれを一種の取引だと考えておきたかった。彼に過剰な思い入れをしてはいけないと判っているからだ。

そうだ。これはただのセックスだ。身体を満足させられれば、それでいい。

奏は太腿の裏側にキスをされて、甘い吐息を洩《も》らした。このまま自分から足を広げてしまおうか。そうしたら、もっと奥までキスをしてくれるかもしれない。

奏が迷っている間に、斎木は彼のお尻《しり》にキスをして、尾てい骨の辺りから舌を滑り込ませる。

「あっ……」

腰がビクンと揺れる。後ろで斎木の低い笑い声が聞こえた。

「足を広げてほしいな」

「……こう?」

奏は彼の言うとおりにする。彼の指が秘所に触れ、ゆっくりと撫でていく。それだけで、奏は腰をビクビクと震わせた。

「膝を立てて。俺に君の恥ずかしいところを全部見せてくれたら、もっと気持ちいいことをしてやろう」

その言葉に釣られたかのように、奏は膝を立てた。男だから恥ずかしいところなんてないと言いたかったが、彼の焼けつくような欲望の眼差しを向けられていると思うと、上半身を支える手が震えてくる。

「いい子だ、奏」

彼の舌が蕾の部分へと触れてくる。たったそれだけで、身体の内部にも同じような刺激を受けたような気がした。彼にそこを舐められると、全身が蕩けてきそうになる。奏は腕に力が入らなくなり、シーツの上に顔を突っ伏してしまった。

「やっ……あっ……」

頭を何度か振った。別に嫌ではないのに。それどころか、とても心地いいのに。けれども、その快感が自分自身を侵していくのが少し怖かった。自分という人間が斎木に侵食されるような気がしたのだ。

普段ならこんな格好を誰にも見られることはない。恥ずかしい部分を晒し、舐められて、快感に喘いでいる。こんなに弱い自分を彼はどう思っているのだろうか。

斎木は後ろから手を回し、奏の股間のものを握った。

「ああぁっ……」

両方同時の刺激には弱い。奏の腰は自然に揺れていた。たまらない。身体の中心から熱いものが込み上げてくる。だが、斎木は奏が達する前に手を止めた。

また焦らされている。しかし、焦らしの効果は判っている。焦らされれば焦らされるほど、与えられるときに悦びが大きくなる。

「譲っ……あん……あ」

奏は腰をくねらせた。斎木は小さく笑うと、彼の中に指を挿入してくる。

「凄い力で締めつけてるよ」

「だって……待ってたから」

「待ってくれていたんだ？」

斎木は嬉しそうに言い、指を抜き差しする。

「あん……あっ……ぁぁっ」

もう何がなんだか判らなくなってくる。全身が熱に浮かされているようになってしまっていた。そのうちに、奏は指だけでは物足りなくなってくる。もっと確かなものが欲しい。自分のすべてを奪うようなものの存在が恋しかった。

「あっ……譲が……欲しいっ」

正直にそう訴えると、斎木はすぐに指を引き抜いた。そして、自分の昂《たか》ぶったものを奏の蕾に擦りつける。

「俺が欲しいんだな？」

「う……ああっ……入れて！」

催促の言葉を口にすると、彼はたちまち中へと押し入ってきた。奥まで貫かれて、奏は喘ぎを洩らす。衝撃が大きくて、身体が揺れた。

「奏……っ！」

腰を強い力で掴まれ、何度も奥まで突いてくる。欲望の激しさに驚くほどだったが、それは奏も望むところだった。彼が欲しくて欲しくてたまらなかった。こうして彼に抱かれていると、快感だけでなく、紛れもない純粋な喜びが込み上げてくる。そして、力強い彼に征服されていると、ここに居れば大丈夫だと安心できるのだ。

奏は自分が庇護されるかよわい人間になったような気がしていた。一人で生きてきたときには決して感じなかったことだ。斎木が奏をそう変えた。彼に抱かれたことで、やはり自分は変わったのだ。

やがて、身体の奥から熱いマグマのようなものがせり上がってくる。

「もう……あぁぁぁっ」

奏は顔を上げ、身体に力を入れる。強烈なエクスタシーが全身を貫き、奏はガクッと力を失くし、再び顔をシーツの上に突っ伏した。少し遅れて、斎木が後ろから覆いかぶさるように身体を重ねてくる。彼が奏の中に熱を放ったのが判った。

心臓の鼓動が速い。自分の背中に伝わる鼓動も同じだった。それが何故だかとてもいとおしく思えて、奏は不思議な気持ちになった。

こんな行為を何度か続けたら、自分は一体どうなってしまうのだろう。斎木と別れてから、こんな快楽を、そして、大きな身体から守られる心地よさを知らなかった頃に戻れるのだろうか。

身体が離れると、淋しい気持ちになる。もっと彼とくっついていたい。奏はそんな自分が嫌だった。今まで一人で充分生きてきた。誰かに依存したくなかった。

しかも、この件が終われば、二度と会うこともないだろう相手に。

そんなことは恐ろしい。あってはならないことだ。奏は一人で生きるほうがよかった。メリーアンが傍にいればいい。人間は誰も信じられないもの。そのことに今も変わりはなかった。

後始末をして、服を着る。それがとても切なかった。身体のほうは満足したのに、心はまだ彼と抱き合いたいと訴えている。彼の身体の温もりを感じたいのだ。

奏はその気持ちが抑えきれず、ズボンを穿《は》いて、シャツを羽織った斎木に抱きつき、自分の身体を擦りつけた。

「なんだ？　猫みたいに甘えて」

「甘えてるんじゃない。ただ、ちょっと……」

「ちょっと？」

「あなたの身体の感触を確かめてみただけだ」

言い訳にもならないことを口にすると、斎木はクスッと笑った。

「確かめてみて、何か判ったか？」

「まだ判らない……。その、もっともっと確かめてみないと」

斎木は奏を抱き寄せ、服を着たままベッドで横になった。斎木の顔はとても優しげで、慈しみの表情に溢れていた。奏が甘えた行動を取ったから、子供にするように可愛がってみたくなったのだろうか。実際、彼は奏の背中を宥《なだ》めるようにゆっくりと撫でた。

彼の掌の温もりとその感触に、心がたちまち癒されていく。奏は彼をもっと身近に感じたくて、身

でていた。奏に頼みを聞かせるためだけに、斎木は撫でている。それは間違いなかった。

を寄せた。

「なあ、奏……」

「何？」

奏は夢見心地で応《こた》えた。

「頼みがあるんだ」

その瞬間、奏はこの優しい仕草がまやかしだと知った。奏に頼みを聞かせるためだけに、斎木は撫でているだけなのだ。

胸に鋭い痛みが走った。とてもつらかった。彼はまだ復讐の道具として、奏を利用することを考えている。それは間違いなかった。

「もう一度、レディー・ジュリエットになってくれ。そして、あいつをおびき寄せるんだ」

奏は無言で目を伏せた。あの男が怖くて逃げたのに、彼は奏を危険に晒そうとしていた。守ってくれると言った。その言葉に嘘があるとは思わなかったが、守るという言葉と、本当に守ることとは違う。結果が約束とは違うことになる場合だってあるだろう。

けれども、斎木に嫌だとはとても言えなかった。彼の母親への想いの強さはもう判っている。彼を助けたかったし、何より約束がある。

奏は歯を食い縛った。

「判った。もう一回、美人占い師になるよ」

自分にはその選択しか残されていなかった。

マンションを出て、二人は繁華街へと向かった。もう日は暮れ、辺りは薄暗い。人の多いところであの男に会うかもしれないと思うと怖かったが、斎木にしてみれば、本人が向こうから現れてくれるなら都合がいいと思っているに違いない。それでも、表面上は優しく言ってくれる。

「俺が守るから大丈夫だよ」と。

彼がどこまで本気なのか、奏には判らない。いざとなったら、自分を守るより犯人を追うことを優先させるだろうと想像できる。とはいえ、こんな街中でいきなり襲いかかられることもないはずだ。

奏は肩から力を抜き、夕食を取るための適当な飲食店を探した。

奏は信号待ちをしている間にふと何かを感じ、辺りを見回した。自分のよく見知った人間が近くにいるような気がしたからだ。

この感じは確か……？

「……なんだ？」

斎木の鋭い声が奏を現実に引き戻した。

「あ、いや、誰かが……」

「あいつか？」

斎木は油断なく周囲に目を走らせる。

「そうじゃない。別の誰か……僕が凄くよく知っているような……」

奏はそれがあの研究所で暮らしていたときに、よく感じていたものと同じだということに気がついた。そのとき、彼の目は二人連れの男が横断歩道の向こうにいるのを見つける。

一人は奏と同じ歳《とし》くらいだったが、少し幼く見える。柔らかそうな長い髪を肩まで垂らし、連れの男の顔を見上げて何か話している。

あの研究所のあの部屋にいた『彼』だ。透視と微弱なテレパシー能力の持ち主で、あの部屋にずっと監禁されていた千浦。そして、千浦の横にいる男は、彼の『救い主』だった男だ。

二人にはとても親密そうな雰囲気が漂っていた。他の人間にはどう見えるか判らないが、奏の目には仲のいい恋人同士のようにしか見えなかった。相手の男もまた千浦のことを、とてもいとおしそうな眼差しで見つめている。

信号が青に変わり、人の波が動き出す。千浦はふと奏のほうを見た。そして、大きく目を見開く。微弱なテレパシーとはいえ、奏の心の声が彼に伝わったのは間違いない。千浦は微笑み、奏に会釈をしてきた。奏もまた何かに導かれたかのように、彼に会釈をする。二人は何も言わずにすれ違った。

「『彼』は幸せそうだ……。よかった」

奏の様子を見ていた斎木は、その呟きを聞いて尋ねてきた。

「今の奴と知り合いなのか？」

「僕の前にあの研究所の部屋に住んでいた超能力者。長いこと、あそこに監禁されていたらしくて、彼の思念が色濃く残ってた」

「監禁……！　あの所長のやりそうなことだな。しかし、向こうも君のことを知っていたのか？」

「いや、会うのは初めてだった。けど、僕の心が読めたみたいだな。それに、能力者同士、何か惹き合うものがあったのかも」

奏が普通の人間より敏感であっても、道路の向こうにいる人間のことまで察知することはない。元々、奏の能力は残留思念を読み取ることであって、人間そのものの心が読めるわけではないからだ。

「彼は今、何をしているんだろう？　君みたいに能力を生かした仕事でもしているのかな」

「さあ……。彼は子供のときから大人になるまで監禁されていたから、世間も知らないだろうし。彼を救ってくれた相手と一緒に暮らしているみたいだから、生活に苦労はしてないと思う」

「救ってくれた相手……？」

斎木は振り返り、もう見えなくなった千浦の姿を探そうとする。背の高い男が千浦に寄り添うように歩いていたことを、彼も気がついていたに違いない。

「あなたみたいに、研究所にやってきたんだ。そして、あの窓辺で僕達みたいに彼を救う約束をして、キスを交わした……」

「本当か？　あの窓で？　鉄格子越しに？」

斎木は驚いたように、遠い目をしてあのときの記憶をたぐり寄せていた。

「そう。あなたはまったく同じことをした。だから、僕にとってはあなたが僕の救い主なのかと思った」

「実際、そうだったじゃないか」

彼は自信満々でそう言った。

本当に彼は奏を救ったつもりだろうか。あの研究所から出るきっかけにはなったが、別に奏は監禁されていたわけではない。出ていこうと思えば、いつでも出ていけた。匿ってはくれたが、彼は奏を別の檻《おり》に入れただけのような気もする。

彼は奏を抱き、奏はそれに応じた。彼の温もりや優しさに癒された。奏自身、彼のことを救い主だと確かに思った。しかし、結局のところ、彼は奏を操っているのも同然だった。

彼のくれる安心感は好きだ。とても心地いい。しかし、それは期間限定なのは決まっているのだ。犯人が捕まえられれば、それで終わる関係。千浦と救い主の関係とはまったく違う。彼らの信頼関係がしっかりとできているのは、すぐに判った。何も超能力などなくても、ピンとくる。間違いない。

同じ窓辺で同じキスをしたのに、自分と千浦は違う運命を辿《たど》ることになる。だが、それも仕方ないのだ。奏は千浦のような素直さは持ち合わせていない。頑固で、人間が信用できない。こんな男が救い主を心から頼ることはない。そして、幸せにもなれないに決まっている。

自分の幸せは子供の頃に奪われた。両親、そして自分自身の記憶と共に。

奏は再びレディー・ジュリエットとして、仕事を始めることになった。以前、奏が仕事をしていたのは小さな店で、繁華街に建つ店舗ビルの三階の一角にあった。他にはゲーム店やマッサージ店、そしてカラオケ店がそのビルに入っている。奏の店自体は閉めていたが、店舗の賃貸契約は残っていたし、慌てて研究所へ逃げたので、とりあえず臨時休業中という札を掲げただけだった。

「前に来たときも思ったが、占いだけでよくこんな店を構えられたな」

店を再開する日の午後、奏について店にやってきた斎木は感心したように言った。

「最初は占いの店の中の小さなスペースを借りただけだったんだ。何しろ僕には誰にもない能力があるからね。よく当たると評判になって、テレビや雑誌で紹介されるようになった。それで、お客さんもたくさん来るようになったんだ」

「そうか……。でも、オカルト方面からのアプローチは俺のところだけだろ？」

奏は肩をすくめた。

「そりゃあね。今だって、どうしてオカルト雑誌が占い師の取材をしたかったのか、よく判らない」

「だって、美人占い師って聞いたから」

そういう理由での取材も多かった。女装していなかったら、そこまで話題にもならなかったに違いない。腹立たしいが、占い自体はデタラメに近いので、奏に文句を言う資格はないかもしれない。

奏は久々に店の明かりをつけると、綺麗に掃除をした。ついてきた斎木にも手伝ってもらう。受付と待合室を兼ねたスペースから区切られて、奥に占い部屋がある。紫のビロードの布をカーテンのように天井から下げ、照明も薄暗くして、神秘的に演出している。凝った装飾が施してあるテーブルと椅子が、接客の場というわけだ。

占い部屋の布の向こうには小さなドアがあり、そこから先はバックヤードの小部屋となっている。奏はそちらに入り、着替えをして、化粧をした。

「化けたなあ……」

ドレスを着て、栗色《くりいろ》の巻き毛のウィッグをかぶった奏を見て、斎木はしみじみと言った。

「前にも見たことあるくせに」

「いや、そうだけど。正体を知ってから見るのとは、また違うだろう？　取材で会ったときは女だと思ってたんだから」

斎木は奏をじろじろ見ると、いきなり手を伸ばしてきて、胸に触れた。

「何を入れてるんだ？」

奏は斎木の手を音がするくらい叩《たた》いてやった。正体を知られていると思うと、胸に詰め物をしている格好がとても恥ずかしく感じられるからだ。

「なんだっていいだろ？　で、今日から営業するわけだけど、どうしよう」

斎木はわざとらしく手を撫でている。

「まあ、ずっと休業していたわけだし、すぐには現れないだろうな。営業時間中は受付に人がいるんだろう？」

「知り合いの女の子にバイトを頼んでる。やっぱり、危険なのは帰りだと思う」

店は午後一時から夜の十時までやっている。まさか明るい昼に襲いかかってくるとは思えない。そして、営業時間中は客も来るわけだから、そんなところに犯人が殺人目的で堂々とやってくるはずがなかった。

「それじゃ、営業時間が終わった頃、俺はビルの下のどこかに隠れて君に電話をかける。そうしたら、君は普段どおり帰ればいい。俺は君の後をついて、周りに犯人らしき男がいないかどうかチェックする。もし怪しい奴がいても、ギリギリまでは駆けつけないかもしれないが、君の安全は絶対に守るから、心配しないでいい」

奏は頷いた。自分も回りに気を配るから、怪しい人物が傍に来れば、きっと判るはずだ。

「いっそ、早く現れてくれればいいいな。そうしたら、いつまでも君にこんな危険なことに付き合ってもらわなくて済む」

斎木の何気ない一言に、奏は胸が痛くなった。彼の企《たくら》みが成功すれば、奏と斎木の縁は切れるのだ。もう抱き合うこともない。彼の腕の中で感じる安らぎを、二度と得ることができなくなるのだ。

奏はメリーアンとだけ心を通わせていた日々を思い出した。以前は淋しさなんて感じたことはなかった。あの柔らかい毛並みに顔を埋めていれば、他の誰も必要じゃないと思っていた。

だが、今はきっと……。

奏はそんな自分の弱い考えを否定した。今まで一人で生きてきたのだから、これからだって大丈夫だ。少しだけ感傷的になるかもしれないが、元々、奏は一人で生きることに慣れていた。すぐに元に戻る。

「僕も早く犯人が捕まることを願ってるよ」

奏の言葉に、斎木は頷いた。

「ありがとう。じゃ、俺はそろそろ……」

「仕事が溜《た》まってるんだろ？　早く帰ったほうがいい。あ、メリーアンのこと、よろしく。たぶん寝てばかりだと思うけど」

「ああ、判ってる」

斎木が出ていこうとしたとき、知り合いの女の子が店に飛び込んできた。

「ごめーん。遅れちゃって」

彼女は入れ替わりに出ていく斎木に目を向け、会釈をした。斎木はニヤリと笑って、彼女に手を振る。女たらしという言葉が奏の頭に浮かんだが、まるで嫉妬しているようで、それがどうにも気に食わない。

「あの人、奏君の知り合い？」

「まあね。今の同居人」

「同居人？　めずらしいのね。奏君、滅多に人に懐かないのに」

野良猫みたいに言われて、奏はムッとする。だが、彼女はコロコロと笑って、奏の不機嫌をまともに取ろうとはしなかった。

ともあれ、再びレディー・ジュリエットとしての生活が始まった。


それから三週間が過ぎたが、一向に犯人は現れなかった。このまま現れなければ、どうなるのだろう。奏は斎木との生活を続けていて、夜は同じベッドで眠った。もちろん彼には何度も抱かれた。というより、ほぼ毎日、そんな状態だった。斎木は奏を求めたし、求められたら奏も従った。奏から誘ったこともある。そのときは斎木も乗り気だったが。

もういっそ、犯人なんて現れなければいい。そんなふうに思うときもあった。だが、犯人が現れなかったら、斎木の復讐は果たされない。犯人を警察に引き渡すことが、斎木の望みなのだ。

奏にできることは、犯人をおびき寄せる餌になり、今だけ味わえる二人の生活を楽しむことだった。犯人が捕まれば、斎木はもう奏が必要ではなくなる。奏は最初の約束どおり、ここを去るのだ。

奏は斎木にこれ以上、気持ちを寄せないようにしようと思っていた。これは取引であり、ベッドの中でのことは単なる肉体関係だ。身体だけで、心は自分のものなのだ。

奏は自分にそう言い聞かせながら、今は店にいた。斎木のことではなく、今は目の前の客に意識を集中させなくてはならない。いい加減な接客をしていてはいけない。これは仕事なのだから。一度捨てた仕事とはいえ、自分の能力を使って、人を楽しませられるのは嬉しいことだ。あの犯人さえ現れなければ、この仕事もいいものなのだ。

最後の客が帰り、受付の女の子が片付けをして、先に帰った。奏はクローズドの札を出そうとしてドアを開けた。その一瞬、彼は斎木から電話がかかってくることを考えていて、無防備だった。その隙をついたように、外にいた人物が無理やり中に押し入ってきた。

顔を見なくても判った。それがあの男だということは。彼は店の様子を窺《うかが》っていたのだろう。

奏は落ち着こうとした。少なくとも、今、彼は何もしていない。店に入ってきただけだ。ここで慌てて逃げ出したら、逆に後ろから刺されるかもしれない。奏は男の顔に目を向け、にっこりと微笑んだ。彼が何者なのか、まるで覚えていないふりをする。

「申し訳ありませんが、本日の営業時間は終了しました。またのご来店をお待ちしています」

男はじろじろと奏の顔を見る。以前はただのくたびれた中年男といったイメージだったが、今は吐き気がするほど気持ち悪く感じられる。

「今日がいい。ぜひ、あんたに見てもらいたいものがある」

男はニヤニヤと笑っている。彼は自分の身体でドアを塞いでしまっている。他に外へ出られるところはない。奏はどうすべきか考えた。

もうすぐ斎木から電話がかかってくる。奏が電話に出なければ、斎木はおかしいと思うはずだ。今まで一度も電話に出なかったことはないのだから。きっと店まで迎えにきてくれると思う。

奏は斎木を信じることにした。彼は奏を守ると約束したのだ。約束を違《たが》えることはしないと思う。本当は不安だったが、他に方法はない。だから、その間、証拠固めできるように、この男をもっと探ることにした。

「判りました。では、こちらへどうぞ」

奏は男に近づかないようにして、占いの部屋に案内した。受付との間にはカーテンがあるだけで、ドアはない。テーブルで向かい合って座ると、前に彼がここに来たときのことを思い出す。吐き気がするが、奏は必死でそれを押し留《とど》める。犯人と一緒にいるのに、自分が殺されるかもしれないのに、呑気《のんき》に吐いてる場合ではなかった。

「しばらく店を休みにしていたんだな？」

男がそんなことを訊いてくるとは思わなかった。奏は時間稼ぎのために会話が必要と思い、その話題に乗る。

「はい。家庭の事情で……。幸い皆様にはご理解いただきまして……」

「まあいい。そんなことは。さあ、占ってもらおうか」

男がくたびれたスーツのポケットから取り出したものに、奏は驚いた。ハンティングナイフだ。しかも、とても古びたものだ。男はそのナイフの鞘《さや》を抜き、テーブルの上に置いた。ナイフの刃の部分はほとんど錆《さ》びてしまっている。何か付着しているような気もしたが、そのことは考えたくない。

このナイフは一体、何に使われたものなのだろうか。恐ろしくてたまらない。切りつけられるにしろ、刺されるにしろ、できれば普通のナイフがいい。こんな錆びたナイフで、身体を傷つけられることは避けたかった。

「あの……お客様……。できれば、時計のほうが……」

「時計は前に見てもらっている。覚えているだろう？」

男の目は鋭く光った。そんなことを認めるのは自殺行為だと思う。

「いいえ。覚えておりません」

「とにかく、これで占ってくれ」

男はそう言い張った。どんな光景が見えたとしても、奏は動揺するまいと誓った。隙を見せてはならない。とにかく時間を稼ごう。

錆びたナイフの上に手を翳し、精神を集中すると、最初に頭に飛び込んできたのは、何故だか自分の父親の顔だった。記憶にはあまり残っておらず、写真で見ることしかできない父親の顔を、奏は今、はっきりと視ていた。

それが何故なのか気がつき、奏は大きな衝撃を受けた。

この犯人の男は、斎木の母親だけではなく、奏の両親も殺していたのだ。つまり、奏の掌に十字の傷を残した犯人でもある。

最初の占いのとき、彼もジュリエットの掌をきっと見ていたのだ。それで、ジュリエットが男であることを見抜いた。ひょっとしたら、あのとき奏の驚いた様子なんて関係なかったのかもしれない。傷跡を見た男は、あのとき奏を殺したくなったに違いない。

奏のサイコメトリーは続いている。父親の顔は恐怖で歪《ゆが》んでいる。そして、男がナイフでその顔に向かって切りつけた。

直後に悲鳴が上がる。母親は部屋の隅で幼い奏を抱き締めて、何か叫んでいる。全員、パジャマ姿だ。男は父親を何度も切りつけながら、その行為を楽しんでいた。身体の至るところを傷つけながら、血飛沫《しぶき》が上がるのを、まるでゲームのような感覚で見ている。やがて、父親は胸を刺されて倒れた。

奏を抱き締めていた母親は極限状態で、泣きながら懇願した。子供だけは助けてくれと。男の心はそれに動かされることはなかった。だが、彼が奏を見たとき、別の残酷な考えが浮かんだ。

この子だけは殺さずに、ここに放置しておこう。両親が死ぬところに立ち合わせよう。身動きもできないようにして、恐ろしい思いをさせる。そして、印をつけておく。この子供が成長したときに、また狩りができるように。

彼にとって、殺人は狩りだった。幼い子供を狩るより、成長してから狩るほうが楽しみは大きいと考えたのだ。残酷にもほどがある。

彼は母親にもたくさんの傷を与えた。すぐには死に至らないが、あと少しで死んでしまうだろう。それから、怯えて声も出せない子供の掌に十字を刻んだ。彼の口にガムテープを貼《は》り、両手両足を縛った。

そう……奏は確かに一晩、そこに転がされていた。今まで失われていた記憶が一気に甦《よみがえ》ってくる。自分も刺されるかもしれないという身も凍る恐怖の中、犯人は明かりを消し、立ち去った。暗い室内で両親は呻いていた。母親が力なく名前を呼ぶ。父親がこちらに這いずってこようとしていたが、途中で力尽きた。奏は両親を呼びたかった。誰かに助けて泣き叫びたかった。だが、出るのはくぐもった声ばかりで、言葉にはならない。

やがて、両親の声は聞こえなくなる。静かな暗闇の中、奏は必死で芋虫のように這い、玄関に向かった。けれども、どうやってもドアは開かなかった。後ろで縛られた手は、彼の身長ではドアノブに届かない。だからといって、椅子をそこまで引っ張ってくる手立てもない。

せめて、両親と一緒にいたくて、元の部屋へと戻った。だが、何も聞こえない。彼らは身動きひとつしなかった。やがて、夜が明け、カーテンの向こうが明るくなっていく。そこで奏が見たのは、血だらけの部屋とそこに横たわる両親の遺体だった。

奏は錆びたナイフに翳していた掌を、目の前の男に向けた。掌にはくっきりと十字の赤い跡が残っているはずだ。

「あんたが僕の両親を殺した！」

「そうだ。前のときも、思い出しかけていたんだろう？」

男はジュリエットの占いなど信じてはいなかった。奏が殺人犯の顔を覚えていたと思っていたのだ。そして、狩りの続きをするために、十字の印をつけておいた獲物を殺そうとした。

「あんたは一体、何人の人間を殺したんだ？　僕の友人の母親もナイフで殺したはずだ。それから、別の女性も首を絞めて殺した。他には？」

「なんの話だ……」

男は急に狼狽したように目を泳がせた。

「僕はこうやれば……」

奏は手を翳す仕草をしてみせる。

「物に染みついている人間の残留思念が読み取れる。その腕時計はあんたが女性を絞殺したときにしていたものだ。あんたは殺人を楽しんでいた」

残留思念と言われても、一般の人間には判らないものだろう。男も理解していないようだったが、とにかく自分の性癖と罪を暴かれたことだけは判ったようだ。

「そうだ！　俺は人を殺すのが楽しいんだ！」

男はスーツのポケットに手を突っ込むと、新しいナイフを取り出した。今度のナイフは錆びてはおらず、ピカピカに光っている。それを奏のほうに繰り出した。

奏はナイフをよけながら、テーブルを倒した。男は容赦なく迫ってくる。早くここから逃げ出したいのに、ドレスが足にまとわりついて、上手《うま》く動けない。なんとかしないと、このままでは殺されてしまう。

「友人がもうすぐここに来ることになってるんだ。捕まりたくなかったら、早く逃げたほうがいいぞ」

男はニヤリと笑った。

「それなら、早くおまえを始末しないとな」

奏は椅子を持ち上げて、男に構える。振り回すには重過ぎるのが難点だった。だが、これで身を守ることはできる。

男がじりじりと近づいてくる。奏は後ずさりをする。しかし、ちょうどそのとき、奏はドレスの裾を踏んでしまった。よろめいたところに、ナイフが襲ってくる。ナイフは奏のウィッグの巻き毛を一房切り取った。奏はその拍子に転んでしまう。

しまった……！

男は再び奏にナイフを振りかざした。そのとき、何か素早いものが奏と男の間に飛び込んできて邪魔をする。それがメリーアンであることに、奏はすぐに気がついた。同時に、斎木の声が部屋に響く。

「奏！　無事か！」

男は斎木のほうにナイフを構える。が、斎木は素早くその手を蹴《け》った。ナイフが部屋の隅に飛んでいく。その隙に、斎木は容赦なく男の顎へと拳《こぶし》を入れた。

ナイフを持たない男はまるっきり力がなかった。男があっさり引っくり返って失神したのを見て、斎木は困惑したように男を見下ろした。

「もっと殴れると思ったのに……」

どうやら、斎木は警察に引き渡す前に、思いっきり殴ろうと思っていたらしい。彼は奏のほうを見

て、手を差し伸べた。奏はその手に掴まって立ち上がる。腕にはメリーアンを抱えたままだ。

「ありがとう。来てくれると思ったけど、もう間に合わないかと……」

奏は受付の女の子が帰ったすぐ後に男が押し入ってきたことと、錆びたナイフのサイコメトリーで自分の両親を殺したのもこの男だと判ったこと、そして、自分の記憶が甦ったことを話した。

「そうか。こいつが君のご両親も……」

斎木は店に置いてあったガムテープで男の手足をぐるぐる巻きにして、警察に連絡した。サイコメトリーの話は警察にはできないが、少なくとも殺人未遂の現行犯なのは確かだ。そして、奏の両親を殺したことも自分が告白している。証拠のナイフもある。昔の殺人のナイフをまだ持っていたということは、この男の自宅を捜索すれば、きっと証拠が隠してあって、いろんな事件が発覚するに違いない。

「そういえば、どうしてメリーアンをここに連れてきたんだ？」

奏は腕の中のメリーアンを撫でながら尋ねた。今まで斎木がメリーアンを連れてきたことは一度もない。というより、斎木とメリーアンはとても仲がいいとは言えなかった。

「それが、いつもはソファで寝ているだけなのに、今日に限ってうるさく鳴きわめいて玄関に居座るんだ。なんか嫌な予感がして……今日だけは連れていったほうがいいかもしれないと思った。で、キャリーバッグに入れていたんだが、ここのエレベーターに乗ったところで、また大騒ぎされて、仕方なく出してやったんだ」

それで、いち早く飛び込んでこられたのだろう。斎木と出会うまで誰よりも信じていたメリーアンが、斎木と一緒に自分を助けにきてくれたことが嬉しかった。

「さすが、僕の猫ってところかな。実は僕の危機を予知したとか」

「超能力猫？　いや、そこまで賢そうには見えないが……」

メリーアンはじろりと斎木を睨みつけた。彼が自分を褒め称《たた》えないことが不満そうだった。

「……やっぱり、人間の言葉が判るみたいだな」

「そうかもね」

奏はメリーアンに頬擦りをした。

「ありがとう、メリーアン。おまえは命の恩人だよ。今日だけはダイエットをやめて、ご馳走《ちそう》だからね！」

そこで、やっとメリーアンは満足げな声を出した。


それからしばらく後も、奏は斎木の部屋に居候していた。すぐに自分の部屋に戻ってもよかったのだが、事情聴取もあり、犯人がどういった扱いをされるのか、見守る必要があったからだ。

しかし、本当の理由はそれではない。本当はまだ斎木と離れたくなかったからだ。幸い斎木は出ていけとも言わなかった。とはいえ、いつまでもここにいるわけにはいかないことは、よく判っていた。

やがて、犯人はいくつもの事件を自白した。家宅捜索で、それを裏付ける証拠はたくさん出てきた。男は殺人を楽しむ異常者で、その際の『戦利品』を家に収集していたのだ。そして、多くの人間を無差別に殺していた。手口が様々で、殺された人間もそれぞれに関わりがなかったので、それが同じ犯人によるものだとは思われていなかった。そして、今になって、これらがすべて連続殺人事件だったのだと判った。

男の責任能力が立証されれば、彼が死刑になるのは免れないだろう。ただし、それが確定するまでには、長い年月が必要になるのかもしれない。

いずれ、奏も裁判で証言することになるのだろうが、その日まで斎木の部屋で暮らすわけにはいかない。いよいよ、斎木にちゃんと話すときがきたのだと思った。

奏が仕事から帰ると、いつものように斎木はこもっていた仕事部屋から出てきて、迎えてくれた。

「お帰り。今日も大変だった？」

「うん。それなりにね」

結局、奏はまだ占いの仕事をしていた。とはいえ、事件のことは報道され、レディー・ジュリエットが男だとバレてしまった。現場が店だったことで隠せなかったのだ。両親が殺された事件のことも再び報道され、しかも超心理学研究所の井崎が嬉々《きき》として、奏が超能力者であることをマスコミにばらしてしまい、しばらくの間、奏は週刊誌やワイドショーのおもちゃ状態になっていた。

そこまでプライベートを晒されてしまっては仕方がない。開き直って、一気に高くなった知名度を利用して商売することにした。超能力を信じる人達にとっては、奏はとても気になる存在となり、信じない人達にとっては、やはりよく当たる占い師ということになるのだ。客の人数は膨れ上がり、予約制となった。テレビの出演依頼はさすがに断ったものの、奏は時の人となり、大変忙しかった。

「ここもマスコミがうろついているみたいだし、これ以上、迷惑をかけたくないから家に戻ろうと思うんだ」

二人で遅い夕食を取った後、奏は何気ないふうを装って、ソファで寛ぎながらコーヒーを飲む斎木に話しかけた。本当はこれを言うために、何日もかかった。今日言おうと思いながら、幾日も経ってしまったのだ。

「別に迷惑ってことはないさ。俺だってマスコミの関係者だし」

斎木は奏が帰ることを切り出しても、特に驚いたふうでもなかった。

「でも……犯人を捕まえる手伝いをするから匿ってもらいたいというのが、元々の約束だったわけだから」

犯人は捕まり、奏は隠れる必要がなくなった。どう考えても、もう奏がここにいる理由はない。斎木とは身体の関係が今もあったが、彼はここにいてほしいとも言わなかったし、もちろん好きだとも言われてないのだから、恋人同士というわけでもない。それを考えると、自分達の関係にけりをつける頃合なのかもしれないとも思う。

だが、奏は斎木が引き止めてくれないかとも考えていた。引き止めてくれれば、考え直すつもりだ。本当のことを言えば、奏はここの居心地がよかった。あれほど一人が好きだったのに、今は斎木と一緒にいることが好きになってしまっている。

もし、彼が奏と同じように思っているなら、彼はきっと引き止めてくれるはず……。斎木にとっても、奏がいれば便利だろうと思うのだ。恋人を作らなくても、ベッドの相手は確保されているのだから。

しかし、そんな甘い期待は斎木が容赦なく叩き潰してくれた。

「そうだったな……。君が出ていくと淋しくなる」

あっさりそう返されて、奏はがっかりした。自分は所詮《しょせん》その程度の相手だったのだ。遊ぶ相手には不自由しないということだろう。一方、奏は斎木がいなければ、また独りぼっちになるのは間違いない。

夜、身体を温めてくれる人もいない。髪を優しく撫でてくれる人もいない。昔はいなくても平気だったが、今は駄目だ。誰かいなければいけない。その誰かは斎木以外には考えられない。

しかし、結局、二人は離れる運命にあったのだ。千浦とあの『救い主』とは違う。自分と斎木の人生はほんの少し交わっただけのことだった。そして、これからは二度と近づかない。離れていくばかりだ。

やはり、斎木は本当の意味で『救い主』ではなかったのだ。奏はそう思い、諦めることにした。身を切られるようにつらいが、いつまでもしがみついていては、彼の迷惑になる。

「いろいろ世話になった。あなたが研究所を訪ねてこなかったら、あの犯人は捕まらないままで、僕はあのときの記憶が戻らずじまいだった。それに、いつかはあの男に殺されていたかもしれない」

「いや、俺こそ礼を言わせてもらう。本当にありがとう。復讐はしなかったが、俺は母親の無念を晴らしたと思う」

「僕のほうこそ、危機一髪のところを助けてもらった。ありがとう」

奏はお礼のつもりで、彼の首に抱きついて頬にキスをした。だが、斎木は身体を一瞬強張らせた。ひょっとしたら、彼はもう奏の身体には飽きたのかもしれない。何度もベッドを共にしたから、もうそろそろ出ていってもらいたいと考えていたに違いない。

好きとはいかなくても、少しくらいは情が移っているんじゃないかと思っていた自分が愚かだった。もうとっくに飽きられて、早く別れたいのだ。そもそも、二人は恋人でもなんでもない。それをいつまでも居座っていたのだから、どれほど彼はイライラしただろうか。

「ごめん。僕はもっと早く出ていくべきだったね。あなたも早く次の恋人を見つけたいだろうし、本当に邪魔しちゃって……」

奏は居たたまれなくなって、彼の横で立ち上がろうとした。すると、腕をしっかりと摑まれて、引き止められた。

「……何？」

「いや、その……」

斎木は何故だか口ごもった。

「もしかして……俺の持ち物で、俺のこと探ったことはない？」

「はあ？　するわけないだろ。僕はそんな失礼なことはしない。他人の私生活や心の中を覗き見するなんて……！」

それに、奏は怖かった。彼の考えを知ってしまったら、その時点から一緒に暮らせなくなるかもしれないのだ。自分のことをどう思っているのかは、とても気になる。が、もし自分が思うようには、相手が思ってくれてなかったら、ショックが大きすぎる。

だからこそ、奏はなるべく斎木に気持ちを寄せないようにしていた。そう考えたときには、すでに遅かったわけだが。もうとっくに、彼に心を奪われていた。

「そうなんだ……。俺はてっきり気づいていて、出ていくと言っているのかと思った」

「何に気づくって？」

「いや、その……」

斎木はまた口ごもった。

「つまり、あなたはすでに僕を厄介払いしたいと思ってたってことだね？　悪かったね。今の今まで気づかなくて！」

奏は斎木の手を振り払おうとしたが、逆に彼はますます奏の手を強く握り締めて離さなかった。

「もういい加減、離してくれよ。僕は荷造りをするから」

「待てよ！　とにかく、落ち着いてくれ」

斎木はなんとか奏を再び座らせることに成功した。

「一度でいいから、サイコメトリーの能力で、俺の腕時計を視てほしいんだ」

妙なことを言い出したと、奏は思った。だが、どうやら彼には何か奏に言いたいことがあるのだろう。今まで何を隠していたのかと思うと、腹立たしい気持ちもあったが、自分の能力で彼を助けてあげることができるなら、それもいい。

そういえば、彼は奏が帰ってきたときに、腕時計をテーブルの上に置いていることがあった。奏に気づいてほしくて、きっと置いていたに違いない。

奏は彼の腕時計を借りて、その上に手を翳した。そして、目を閉じる。

奏の頭の中に彼の一番強い思念が飛び込んでくる。

『君が好きだ！』

あまりに強いインパクトのある言葉に、奏は思わず目を開けた。『君』というのは、間違えようがないくらい奏のことだった。一瞬、自分の顔が脳裏を過ぎったからだ。テレパシー能力があるわけではないので、これは現実に彼の思念ではなく、今まで彼が幾度となく心の中で呟いていた言葉に違いない。

斎木は奏のことばかり考えていた。二人で過ごしたいろんな思い出が、奏の脳裏に浮かぶ。それは斎木が経験したことであり、奏が経験したことでもある。奏は自分と斎木とどちらの記憶か、混同しそうになった。

いや、違う。これは斎木の記憶だ。彼の様々な気持ちが溢れ出ている。

奏に対する欲望。情熱。独占欲。嫉妬。奏を包むような愛情の深さ。奏と過ごすときに感じる幸せで穏やかな感情。そして、奏のすべてをいとおしむ優しい気持ち。

奏の目からは涙が流れ出していた。どうしても、止めることができない。こんなふうに自分を愛してくれる人は、他に誰もいない。こんな形で告白してくれる人は、誰もいないに決まっている。

「譲……っ」

思わず斎木にしがみつくと、彼は奏を大きな身体で包むように抱き締めてくれた。

この温かい身体を自分は手放そうとしていたのか。それはあまりに愚かだ。絶対に手放してはならないものなのに。

「君を愛してる。出ていかないでくれ」

奏は涙で言葉が出なかった。ただ何度も彼の胸の中で懸命に頷いた。

「一生守るって誓う。俺は君が傍にいてくれたら、何も望まない。君と俺、互いに傷を抱えて生きてきた。犯人が捕まっても、死刑になっても、その傷が癒《い》えるわけじゃない。だけど、君と生きていけたら……もう何もいらないんだ。それだけでいい」

奏はなんとか涙を飲み込んで、顔を上げた。斎木はいつになく真剣な表情をしている。それがなんだかとてもおかしくて、とても嬉しかった。

「僕も……ずっとあなたのこと好きだった。あなたと一緒にいたかったけど、これはきっと身体だけの関係なんだって思ってた」

「俺が君の身体を利用しているだけだって？」

「あなたはいつも……すごく上手いし、人を惹きつける魅力があるし、男でも女でも選び放題で、相手に不自由はしないだろうって思ってた」

斎木は困ったような顔で頭をかいた。

「いや……その、実は……俺にもある種の超能力があって……」

「超能力？　どんな？」

「君のとはまるで違う。俺はこの手に触れた相手を、老若男女すべて蕩けさせることができる」

「は……？」

冗談でも言っているのかと思ったが、どうやら彼は本気のようだった。

「もちろん、それは意志でコントロールできる。試してみようか？」

斎木が奏の手を握った。その一瞬で、身体の奥が燃えるように熱くなり、股間が硬くなる。驚いて、奏は手を振り払って、自分の股間を押さえた。一瞬で身体がおかしくなり、もう少しで下着の中に放ってしまうところだった。

「今のは最大出力だ。どうだった？」

「天才エロ師とか魔法の手とか、本当だったんだなっ？」

自分がその超能力で操られていたのかと思うと、腹が立ってくる。騙《だま》されたような気になってしまったのだ。

「君にこの力を使ったのは研究所にいたときだけだ。あのときは、どうしても君を言いなりにさせたかったから」

「他のときは？」

「自力で誠心誠意、力を封じて頑張ったつもりだ。だけど、君を気持ちよくしてあげたい気持ちが強すぎて、ひょっとしたら力が洩れていたこともあったかもしれない。もしかして、君が俺とのエッチだけが好きだって思っているなら、少しショックだけど」

「まさか！　そんなこと、あるわけないだろ！」

奏は思わず斎木の脇腹を肘で小突いた。そんなふうに思われるのは心外だ。確かに身体の相性はいいと思ったが、抱かれたかったのは別の理由からだ。

「あ、じゃあ、ここへ来て、僕を最初に抱いたときには……」

「もう好きになってた。人間嫌いで、すごく疑り深いのに傷つきやすいところを垣間《かいま》見てしまうと、自分の腕の中で庇護したくてたまらなくて……。とにかく自分のものにしたかった。止めようと思ったけど、君も積極的だったし、なんかもう我慢できなかったんだ」

　自分もかなり急激に斎木への気持ちが高まっていったことを思うと、彼とまったく同じとも言えた。セックスまでしたのは、研究所でのことが引き金ではあったが、あのことがなくても、結局なるようになったに違いない。ただ闇雲に彼にすべてを捧《ささ》げたかった。そして、奏は今もそれを後悔していない。

「僕は最初にあなたが車から降りてくるのを鉄格子越しに見たとき、僕を救ってくれる運命の人だと思った。僕の前にあの部屋に監禁されていた超能力者の感情が強すぎて、それに影響されているだけなのかって考えたこともある。けど、やっぱり違う。僕は自分の意志であなたを好きになり、あなたと身体を重ねたかったんだ」

　奏は彼に抱きつき、唇をそっと合わせた。

「あなたと身を寄せ合うだけで、キスするだけで、自分の身体の細胞のひとつひとつまでもが熱くなる。僕はこれだけあなたを求めてるんだって思う」

「俺もそうだ。君を愛しているから、逆に変な力は使いたくない。たくさんの人間に快楽を与え続けていたけど、俺はもうそんなボランティアをしたくない。気持ちよくしてあげるのは、君だけでいい」

斎木は奏の髪の中に手を差し込んで、唇を重ねる。髪をゆっくりと撫でられながら、舌をからめとられて、うっとりとしてきた。

そのとき、ニャーゴという不吉な声が聞こえてきた。目を上げると、椅子の上で寝ているメリーアンが不機嫌そうな半開きの目で自分達を睨んでいる。

「女王様はベッドに行けと命令しているようだぞ」

存在を忘れられていたことが不満だったのだろう。猫に促されて寝室に向かうのは、おかしな気分だった。

ベッドに腰かけて、キスの続きを再開する。口づけを交わしている間に、斎木は奏の股間をゆっくりと撫でた。変な力は使われていないことは確かだ。急激な快感ではなく、ごく普通の快感が奏を高めていく。奏もまた斎木の股間に触れ、同じように撫でた。

「……ちょっとマズイ」

「え、何が？」

「君に触られていると、すぐに我慢ができなくなる。実は君も魔法の手の持ち主とかじゃないよな？」

奏は苦笑した。

「これは普通の手だよ。でも、そんなに気持ちいいと言ってくれるなら、サービスしちゃおうかな」

ズボンのファスナーを下ろして、その中へと手を侵入させていく。下着をかき分けると、熱く昂ぶっているものが見つかった。

「おい……。だから、マズイって」

斎木は焦っているようだが、そんな様子を見るのも楽しい。奏はそこを握ったり、擦ったりしてみる。

「ま、待てっ。本当に！」

斎木は奏の手の動きを上から押さえた。

「そんなに感じる？」

「感じるに決まってるだろ。俺は君に告白したんだぞ。君が俺のことを受け入れてくれたと判って……すごく嬉しいんだ」

奏は改めて斎木の顔を見つめた。男らしい顔立ちと体格で、こんなに優しい人だ。おまけに、誰でもオトせる魔法の手の持ち主だ。彼ならきっとどんな相手でもモノにできたはずなのに、こんな自分がいいと言う。

「僕も嬉しい。あなたが僕を選んでくれるとは思わなかった」

「選ぶとかじゃなくて……。俺には君しかいない。俺だって、人間不信だったよ。魔法の手を使えば、誰でもなびいてくるんだから。欲望を操る能力を持っていると、愛なんて信じられなくなる」

それなのに、彼は奏に愛してくれると言ってくれた。奏は胸の奥がじんと熱くなり、自分から彼に口づけた。

「僕もあなたを愛してるよ……」

「本当に？　魔法の手じゃなくて？」

「魔法の手も愛してる。だって、それはあなたの一部だから。でも、僕が欲しいのは手だけじゃない。

全部がいい。髪の毛一本でも、誰にも渡したくない。あなたの声も眼差しも、みんな僕のものだ」

斎木は嬉しそうにキスを返してきた。いつしか二人はベッドで横になっている。斎木は奏の服を脱がせていき、ありとあらゆるところにキスをしていく。

「それ……魔法の唇じゃないの？　それとも、魔法の舌？」

「まさか、そこまで魔法は使えない。そんなに気持ちいいのか？」

「いいっ……すごくいいっ……あぁっ……」

太腿を舐められて、奏は身体を反らせるほど感じていた。快感の中で溺《おぼ》れてしまいそうだった。

両足を押し上げられて、秘所を丁寧に舐められる。足や腰がガクガクと震えている。指を挿入されて、今にもイキそうになった。

「もうっ……早く！」

奏が催促すると、斎木は急いで全部脱いで、奏の中へと入ってきた。

「ああっ……はぁっ……あん……っ」

奥まで突き上げられて、奏は意識が飛びそうになっていた。激しい抜き差しに、しっかりと彼の腰に足を巻きつける。

身体の中に嵐が吹き荒れていた。これが魔法でもなんでもいい。ただ大事なのは、相手が斎木譲であるかどうかだけだった。

奏は蕩けるような幸せと快感を同時に覚えて、熱を放った。何もかもが薔薇《ばら》色に見える。愛情が何よりも大切だと判る瞬間だった。

少し遅れて、斎木が奏の中で弾ける。奏はしっかりと彼にしがみついたままだった。二人の身体も心も今、完全にひとつになったのだと思った。


二人は身体を離した後も、ベッドの中にいた。裸で抱き合い、キスをして、お互いを離したくないという気持ちになっていた。

「実は、俺の母の事件も掘り起こされていて、手記を書かないかと言われている」

「そんな……。昔のことなのに」

物見高い連中に、何もかも晒す必要はないと、奏は思っていた。それでなくても、昔の事件や占いの仕事や超能力のことも暴かれるだけ暴かれてしまって、奏はかなりそのことでは不機嫌だった。誰だって、知られたくないことはあるのに、と。

「でも、書くことで自分の中で整理がつくと思うんだ。それに、君だけを晒し者にしたくない気持ちもある。それから、同じように子供の頃に親を殺された人達に、何か救いのようなものになればいいと思うし……。そういう考え方は不遜《ふそん》かもしれないが」

「不遜なんて……。そうやって他人を思いやれるあなたは立派だと思うよ。僕はずっと自分のことしか考えてこなかったし」

それはもちろん、サイコメトリーという特殊能力のせいでもあったのだが、他人を思いやることも忘れていた。今も斎木以外の人のことは、あまり考えてはいないと思う。

「いっそ、魔法の手の手記も書くかな」

「……今までの体験談を書くわけ？」

奏はムッとして身体を起こして、斎木を睨みつけた。斎木はニヤニヤ笑いながら、奏の手を握った。

「ベストセラーになったらどうする？　サイン会なんかやって、握手したら失神する女性続出なんて、話題になるだろうなあ」

「この手は僕専用だよ！」

「さあ、どうだろう」

奏は彼の手を自分の口元に持ってきて、いやらしく指を舐め上げた。途端に、斎木はニヤニヤ笑いを引っ込めた。

「判った。それは君だけのものだ」

「よかった！」

奏は斎木の身体に跨《また》がり、彼を見下ろした。優しい眼差しが奏を包んでいる。それを見たとき、奏は胸に迫る喜びを感じた。

そっと上半身を屈めて、彼の口元すれすれにキスをする。

「愛してるよ、譲」

斎木の目がすっと細められる。癒しの眼差しから欲望の眼差しに変わる瞬間だった。それを見た奏は、自分のうちにも欲望が宿るのを感じた。

斎木がゆっくりと奏の頬を撫でる。

「奏……愛してる」

眼差しが交差する。

すべての想いが交わっていき……。

それから、二人の唇は重なった。

ラプンツェルの約束

室橋千浦《むろはしちうら》は、恋人の伏見瑛一《ふしみえいいち》と共に、須藤奏《すどうかなで》とその付き添いで来た斎木譲《さいきゆずる》に会った。

ここは伏見邸の落ち着いたリビングだった。四人はテーブルを挟んだソファで向かい合っている。

千浦はずっと奏に会いたいと思っていた。奏は少し前に、いろんな雑誌で話題になった超能力者だった。しかも、同じ井崎浩一郎《いざきこういちろう》が所長を務める超心理学研究所にいたそうなのだ。だとしたら、彼の能力は眉唾《まゆつば》ものではなく、きちんとしたものだろう。

伏見は千浦の気持ちを知り、奏と会う約束を取り付けてくれた。

奏は女装もよく似合うくらい、細くて綺麗《きれい》な顔立ちをしている。さっきから、彼からは自分に会えて嬉《うれ》しいという気持ちが伝わってきていた。心を読んでいるわけではないが、確かに伝わるのだ。

「あの……実は、僕もあの研究所にいたことがあって……」

「知ってる。僕も同じ部屋で少しの間、暮らしていたから。君は長いこと、あの部屋に閉じ込められていたんだろう？」

千浦は驚いた。まさか、同じ部屋だったとは想像していなかったし、彼が自分のことを知っているとは思わなかった。しかし、彼はサイコメトラーなのだ。長い期間、あの部屋に監禁されていた自分の残留思念を読み取るのは簡単だったかもしれない。

「井崎さんは僕の父の友人だったんです。彼は僕に超能力があると知っていて……」

「あいつは嫌な奴だったよね？　君が監禁されていたこと知って、ぞっとしたよ。でも、無事に出られたみたいでよかった。……ああ、そうだ。僕達、前に会ったことを覚えているかな？」

「えっ……前に会ったことがある？」

千浦は覚えがなくて、一瞬、戸惑《とまど》った。が、そういえば、以前、能力者らしき人物と、横断歩道ですれ違ったことがあるのを思い出した。

「ああ、あのときの！　声をかけてくれればよかったのに」

「なんて声をかけるんだ？　超能力をお持ちですね、とか？」

奏は冗談めかして言った。

確かに、なんとなく通じ合うものがあったとしても、そんなふうに声をかけられたら警戒していたかもしれない。自分はそれほど解放的な性格ではないからだ。

「それじゃ変な人みたいですね。でも、改めて会えてよかった。僕はテレビで井崎さんがあなたのことを話しているのを見て、どうしても会ってみたかったんです。会って、どうするってわけじゃないけど、話をしてみたいって……」

奏はそれを聞いて、微笑《ほほえ》んだ。

「君と僕とは同じくらいの年じゃないかな。敬語なんて使わなくてもいいけど。それに……僕も君には会ってみたかった。それから、伏見さんにも」

奏に視線を向けられて、保護者のように隣にいた伏見は驚いたような顔をした。

「……私に？」

奏は頷いた。

「あなたが千浦君を助ける約束をしていたところが視《み》えたから。言っておきますけど、僕はいつでもサイコメトリーの能力を使うわけではないんです。でも、彼の残留思念は強すぎて、集中しなくても、心の中に割り込んできました。鉄格子《てつごうし》越しにあなたが交わした約束を、あなたが今も守ってくれてるのかどうか、お節介だけど確かめたくなってしまって……」

千浦は、鉄格子越しに伏見と何をしたかについて、奏が知っていることが急に恥《は》ずかしくなってきた。伏見との関係は自分にとって恥ずべきことではないが、やはり世間ではどう見られるのだろう。

奏は千浦を安心させるような微笑みを見せた。

「心配しなくていい。僕も君と同じように彼と出会い、君達と同じように、僕達もあの場所である約束をしたんだ」

奏がきらきらと光る瞳《ひとみ》で、自分の隣に座る斎木を見た。斎木は肩をすくめて、ちらりと千浦と伏見を見ると、彼の言葉に同意するように頷いた。

「俺は奏の同居人だと言われたが……恋人でもあるんだ」

「え……じゃあ、僕達は何から何まで似ているのかな……」

千浦は隣に座る伏見を見た。彼は優しげな眼差《まなざ》しで千浦を見返してくる。

「面白いものだな。私はただ千浦の保護者的な感覚でここに座っていたが、そうでもなかったんだな」

それを聞いて、斎木がにやりと笑った。

「俺も同じだ。奏についてきてくれと言われて、仕方なくついてきただけだった。仕事柄、超能力者に興味はあったが」

斎木はオカルト雑誌のライターをしているという。本も書いていて、その方面ではわりと有名なようだった。研究所にいたとき、彼を見かけたことがあったが、その頃、千浦はまだ子供だったので、井崎のほうが彼に会わせようとはしなかった。監禁がばれては大変だと思ったのだろう。

「だって、僕だけ恋人が傍にいないというのも、バランスが取れてないかなってね」

奏はさり気なく斎木の腕に自分の腕を絡めた。それを見た伏見が千浦の肩に手を回してくる。別に対抗しているわけではないだろうが、伏見は暇さえあれば自分に触れてくるのだ。触れてないと、まるで落ち着かないかのようだった。

微弱なテレパシーを持つ自分に、伏見は隠すことなどないのだろう。こうして触れていると、心を読まずとも、彼の溢《あふ》れんばかりの愛情を感じる。その中に、やはり保護者的な気持ちもあった。彼は奏との面会を取り持ったものの、不安を持っていたのだ。同じ能力者と話すことで、千浦が昔の監禁されていたときのことを思い出し、落ち込むのではないのかと。

「僕が奏さんと……」

「だから、僕に敬語はいらないって」

奏は千浦と同じくらいの年齢だと言ったが、自分より年上に見えた。長い間、研究所に監禁されていた千浦は、実年齢より幼いと思う。それに比べて、占い師として仕事をしていた彼はいろんな経験をしてきて、ずいぶん大人っぽい。

「奏でいいよ。僕は千浦と呼ばせてもらう」

彼は自分と友人付き合いをしたいと言っているのだ。千浦は子供の頃からの能力のせいで、今まで親しい友人を持っていなかったから、それがとても嬉しかった。

奏も自分と同じように、親しく付き合っていた友人はいなかったようだ。やはり、能力が仇《あだ》になるのだろう。これを踏み越えて親しくなるのは、やはり難しい。自分も奏も、人が隠しておきたいことを暴くような能力を持っているからだ。

もちろん、面と向かって暴くわけではない。ただ、何かの拍子に相手の秘密を知ったとき、こちらのほうが気まずくなるのだ。結果、向こうも何かおかしいと勘づいて、こちらを避けるようになってしまう。

「僕が奏と会いたかったのは、もしかしたら能力者同士、判り合えるんじゃないかと思ったからなんだ」

「僕もそう思う。お互い同じ立場だから、気持ちが通じ合うというのか……」

やはり、自分と奏は心が通じ合うようだ。すれ違っただけでも、互いが能力者だと判った。こうして向かい合って話していると、磁石でも引き合うように、特別な力が二人の間に存在することが感じられる。

あの超心理学研究所に、他に能力者が出入りしていないわけではなかった。しかし、これほど強い能力者はいなかった。少なくとも、他者から排斥されそうな能力を持つ者はいなかったと思う。それだけに、奏とは同じ立場だという意識が強くなってくる。

不意に、斎木がぼそっと呟《つぶや》いた。

「妬《や》けるな」

すかさず伏見が同意する。

「確かに」

奏が呆《あき》れたような目で斎木を見た。

「こんなことでやきもちを焼くなんて。僕と千浦の間にあるのは……同志的感情だよ」

「どちらかというと、兄弟のようなものかな」

千浦もフォローした。伏見に変なふうに思われたくないからだ。

「判っている。が、一番、君を理解しているのは、私だと思っていたいから」

千浦は赤面しながら、小さな声で囁《ささや》いた。

「その……伏見さんだけだよ。僕のすべてを理解しているのは」

伏見の目が穏やかで優しいものになる。

「また『伏見さん』なんて呼んでいるな。いつになったら、恋人らしく呼んでくれるんだ？」

彼からは名前で呼ぶように言われている。さん付けはやめろとも。判っているが、咄嗟《とっさ》に出てくるのは『伏見さん』なのだ。彼とは年齢が離れているせいか、呼び捨てにしにくい雰囲気がある。

「……瑛一？」

伏見は口元をほころばせた。最初に会ったときには冷たく厳しい印象しかなかったが、今はひたすら優しく穏やかに見える。彼が獣《けもの》に変身するなんて、今では信じられない。

「そうだ。それでいいんだ」

彼の手が千浦の頬《ほお》をそっと撫《な》でていく。その心地よさにうっとりしたものの、千浦ははっと我に返って、正面に向き直った。向かい側のソファに座る二人は、にやにやしながらこちらを見ていた。

「いやー……仲がいいね。ほっとしたよ。僕は千浦が塔の上のラプンツェルのように、誰かが助けてくれるのを待っていたのを知っているから。君が幸せなのを見て、僕も満足だ」

自分がラプンツェルにたとえられるとは思わなかったが、あの頃の自分は本当にそうだったかもしれない。外に出たいと願いながらも、監禁されることに慣れてしまっていた。自ら逃げ出そうとせずに、自分の運命を諦めていたのだ。

そういう自分のことを、奏は知っている。だが、決して軽蔑《けいべつ》するわけでもなく、今が幸せでよかったと言ってくれる。千浦は嬉しかった。

「ありがとう。僕と同じように、奏も幸せだと嬉しいけど」

奏は斎木と顔を見合わせた。二人はふっと微笑み合う。

「幸せだよ。もちろん」

奏がそう答えると、斎木はにやりと笑った。

「こいつのことは、俺に任せといてくれよ」

彼の偉そうな言い方に、奏は文句を言いかけたが、途中でそれをやめて、千浦に向き直る。

「持ちつ持たれつってやつかな。譲だって、僕がいないとダメなんだから」

彼はさり気なく斎木の下の名前を呼び捨てにした。自分もそんなふうになれたらいいのに。

千浦は伏見ともっと親密になりたかった。名前を呼び合い、対等な立場でものを言えるようになりたい。もっとも、それまでには長い道のりが必要だ。今の千浦では、彼と対等とはまったく言えない。

監禁されていた年月がなかったとしても、同じことだろう。

しかし、目の前にいる二人を見ていると、細かいことはどうでもいいと思えるようになってきた。

彼らはなんの気負いもない。ただ、あるがままに心を開いているだけなのだ。千浦は彼らを羨《うらや》ましいと思いつつも、自分達もいつかはこうなれるはずだという気がしてきた。

もっと親密になるまでに、長い年月がかかるというのなら、それだけの年月を費やせばいいのだ。

自分と伏見には確かな絆がある。もちろん、それは奏と斎木の間もそうだ。詳しい事情は判らないし、探ろうとも思わないが、二人には何か特別な繋がりがあった。

奏と千浦の間にあるものとは違うが、どちらにしても固い絆だと言える。

自分には愛する人がいる。恋人であり、これからずっと共に歩くパートナーだ。そして、今、新たに判り合える友人ができた。

千浦は奏に微笑みかけた。すると、それを察したかのように、奏も微笑みを返してきた。彼の心の中にある温かいものがこちらに向かってきて、千浦の心も満たした。テレパシーを使わなくても、彼と自分は心が通じやすいのだ。

「幸せだね」

奏の言葉に、千浦も頷いた。

「うん、そうだね」

二人には信じ合えるパートナーと友人がいる。千浦には、もうなんの不安もなかった。

あとがき

こんにちは。リンクスロマンスでは初めましての水島忍《みずしましのぶ》です。

今回の二作品は、主人公が違うリンク作品ということで。超能力ものではありますが、SFというよりは、オカルトっぽい仕上がりじゃないかと思います。

「魔獣に魅入られた妖精」は、千浦《ちうら》くんが健気で可愛いです。実年齢より幼いと本人は思っていますが、多少、いびつな成長の仕方をしているとはいえ、精神的には大人ですよね。伏見《ふしみ》さんの心を癒してあげられるくらいには。

「魔性の傷が癒える指」は……奏《かなで》くんは心に傷を隠したクールキャラで、斎木《さいき》さんは包容力のあるタイプ。斎木さんの生い立ちも不幸なんですけど、彼が隠しているのは傷というより、復讐心なんですね。そういう意味では、斎木さんは奏くんを癒しつつ、自分も癒されていたのかなって。

さて、今回のイラストは日野《ひの》ガラス先生です。カップルが二組ありますが、それぞれのキャラがイメージどおりで、とっても嬉しいです。特に、口絵はほのぼのでいいですよね。日野先生、素敵なイラストをどうもありがとうございました。

それでは、皆様、今回のお話はいかがでしたか。気に入っていただけたら嬉しいです。

初出

魔獣に魅入られた妖精 ―――― 2010年 小説リンクス4月号を加筆修正

魔性の傷が癒える指 ―――― 2010年 小説リンクス10月号を加筆修正

ラプンツェルの約束 ―――― 書き下ろし

LYNX ROMANCE

ダミー

水壬楓子 illust. 佐々木久美子

898円
(本体価格855円)

人材派遣会社『エスコート』の調査部に所属する環は、オーナーの榎本から、警備対象の影武者になる仕事を引き受けさせられる。その間、環のボディガードにあたるのは、警視庁のSP・国沢だった。彼とは大学時代の同級生で、かつて環は彼に想いを寄せていた。しかし辛い恋の経験から、それを告げずに彼の前から逃げるように姿を消した環。約十年ぶりに再会し共に行動する中で環は捨てたはずの国沢への想いを再び募らせていき…。

LYNX ROMANCE

掠奪《りゃくだつ》のメソッド

きたざわ尋子 illust. 高峰 顕

898円
(本体価格855円)

過去のトラウマから、既婚者とは恋愛はしないと決めていた水鳥。しかし紆余曲折を経て、既婚者だった会社社長・柘植と付き合うことになった。偽装結婚だった妻と別れた柘植の元で秘書として働きながら、充実した生活を送っていた水鳥だったが、ある日「柘植と別れろ」という脅迫状が届く。水鳥は柘植に相談するが、愛されることによって無自覚に滲み出すフェロモンにあてられた男達の中から、誰が犯人なのか絞りきれず…。

LYNX ROMANCE

スロウスロウ

栗城 偲 illust. いさき李果

898円
(本体価格855円)

下請けの現場リーダーをしている成島は、妻を亡くした後、一人息子と慎ましい生活を送っていた。そんなある日、地下鉄工事の案件で元請と揉めた後輩の代わりに現場責任者として入ることに。現場には、施工主であるインテリメガネの萱森という若者がいたが、成島は彼のことを暴言を吐いた人物だと聞き及んでいた。だが萱森という人物を知れば知るほど、成島は彼の思いやりのある人間性に徐々に惹かれていき…。

LYNX ROMANCE

猫《ねこ》のキモチ

妃川 螢 illust. 霧壬ゆうや

898円
(本体価格855円)

ここはメルヘン商店街。絵本屋さんの看板猫・クロは、ご主人様の有夢が大好き。ご主人様に甘えたり、お向かいのお庭で犬のレオンとお昼寝したり近所をお散歩したり…毎日がのんびりと過ぎていく。ご主人様は、よく店に絵本を買いに来る、門倉っていう社長さんのことが好きみたいで、門倉さんがお店に来るととっても嬉しそう。でもある日、門倉さんに「女性のカゲ」が見えてから、ご主人様はすっごく落ち込んでしまって…。

LYNX ROMANCE

犬《いぬ》のキモチ

妃川 螢

illust. 霧壬ゆうや

898円
（本体価格855円）

ここはメルヘン商店街にある、手作り家具屋さん。犬のレオンは家具職人の祐亮に飼われて、店内で近所に住む常連の早川父子が寛ぐ様子をよく眺めている。どうやら少し前に離婚したようで、まだ小さな息子を頑張って育てていた。そんな早川さんを、祐亮はいつも温かく見守っている。無口な祐亮は何も言わないが、早川さんに好意を持っているようだ。そんなある日、早川さんの息子の壱己が店の前で大泣きしていて…。

LYNX ROMANCE

瑠《る》璃国《りのくに》正伝《せいでん》2

谷崎 泉

illust. 澤間蒼子

898円
（本体価格855円）

海神を鎮める役目をもつ瑠璃国の海子・八潮は、後継者の立場から貴族の清栄を「支え」に選ぶことになった。心も身体も満たされるかと思われた八潮のもとに突然瑠璃国の王と海子である父の訃報が舞い込む。悲しみに暮れる中、海子を廃止する意見がもち上がり、さらには「支え」である清栄の家が失脚するという不幸が重なる。誰にも頼れず孤立する八潮の前に、謎の男・渡海が現れ、「俺がお前を支えてやる」と告げていき…。

LYNX ROMANCE

嘘《うそ》つきは恋《こい》に惑《まど》う

風見香帆

illust. 端 縁子

898円
（本体価格855円）

病気の祖父への仕送りのため、友人も恋人もつくらず貧乏な生活をする自動車修理工の弘名は、半月に一度、ゲイが集まるバーに通うことが密かな楽しみだった。有名企業の営業という偽りの姿を演じながら、いつものように飲んでいた弘名は、親しみの持てる大企業の子息・師堂から、強引に口説かれてしまう。「一晩、割り切って楽しまないか」と師堂に誘われた弘名は、彼の強さに惹かれ誘いに応じてしまうが…。

LYNX ROMANCE

忠誠《ちゅうせい》の代償《だいしょう》～聖なる絆～

六青みつみ

illust. 葛西リカコ

898円
（本体価格855円）

魔獣に脅かされるラグナクルス帝国――唯一魔獣を倒すとされる聖獣と誓約を結び、人々は自らを守るために戦闘を繰り返していた。皇子ヴァルクートは、最高位の聖獣と絆を結ぶ前に、長兄の謀略によって辺境に追いやられてしまう。荒くれた警備兵を率いながら、監視の仕事に明け暮れていたとき、思いがけず野良聖獣キリハの繭卵を見つける。キリハに呼ばれるように、誓約を交わすことになったヴァルクートだったが…。

LYNX ROMANCE

凍《こご》える吐息《といき》

和泉 桂　illust. 梨とりこ

1048円
(本体価格998円)

古閑伯爵家の美貌の御曹司・侑生は、凄腕の詐欺師の企みを阻むのに成功した。一年後、平穏に暮らす侑生に、例の詐欺師に酷似する桐谷黎士が近づいてくる。優しく温厚な桐谷に告白され、侑生はその正体に疑念を抱きつつも惹かれていく。だが、すべては侑生の心も躰も搦め捕ろうとする、桐谷の仕掛けた周到な罠だった。侑生を手に入れようとする桐谷の熱情と執着に晒され、侑生は次第に追い詰められていくが…。

LYNX ROMANCE

RDC―レッドアラート―

水壬楓子　illust. 亜樹良のりかず

898円
(本体価格855円)

大企業の企画制作部に所属する三ツ木鉄朗は、売れるモノを見抜く才覚があるといわれるカリスマ社長・江波飛鳥に、企画を端からボツにされていた。ある日、鬱憤晴らしに友人の店へ飲みに出かけた鉄朗は、酔った勢いで賭けをし、負けてしまう。代償は「男専門の覗き部屋」で一日働くこと——。しかも、客として現れたのは江波だった。驚く鉄朗だったが、弱みを握ってやろうと立場を隠して愛人契約を迫り…。

LYNX ROMANCE

秘書喫茶《ひしょきっさ》―レイジータイム―

火崎 勇　illust. いさき李果

898円
(本体価格855円)

アメリカでミラーという老人の秘書をしていた冬海は、彼の外子である真宮司と恋に落ちた。しかし、ミラーから真宮司が、冬海とミラーのどちらを選ぶかという賭けをさせられ、冬海は負けてしまう。そのことがきっかけで真宮司と別れ、帰国した冬海は、賭けの代償として貰ったお金で、秘書と出会えるカフェー秘書喫茶を開く。店は軌道に乗っていたが、突然真宮司が現れ、秘書を寄越して欲しいと依頼してきて…。

LYNX ROMANCE

猫《ねこ》と恋《こい》のものがたり。

妃川 螢　illust. 夏水りつ

898円
(本体価格855円)

素直すぎて、いつも騙されたり手酷くフラれたりと、ロクな恋愛経験がない花永。里親募集のための営んでいる花永の猫カフェに、猫を引き取りたいと氏家父子が訪れる。なかなか希望の猫が決まらなかったが、店の雰囲気を気に入ったこともあり、父子は店に通うようになった。フリーで翻訳の仕事をしている氏家は離婚し一人で子供を育てていたが、家事が苦手という氏家の手伝いをかって出たことから二人の距離は縮まっていき…。

LYNX ROMANCE

人《にん》魚《ぎょ》ひめ

深月ハルカ

illust.青井秋

898円
（本体価格855円）

一族唯一のメスとして大事に育てられた人魚ミルの悩みは、成長してもメスの特徴が出ないことだった。心配に思っていたところミルはメスではなくオスだと判明。このままでは一族が絶滅してしまうと責任を感じたミルは、自らの身を犠牲にして人魚を増やす決意をし、人間界へと旅立つ。だが、そこで出会った熙顕という人間の男と惹かれ合い「海を捨てられないか」と言われたミルは、人魚の世界熙顕との恋心の間で揺れ動き…。

LYNX ROMANCE

復活《ふっかつ》の秘策《ひさく》と陥没《かんぼつ》の秘策《ひさく》

バーバラ片桐

illust.水名瀬雅良

898円
（本体価格855円）

広告デザインをフリーで手がける池戸は、高校時代から好きだった宮垣と奇跡的に恋人同士になることが出来た。幸せを噛みしめ彼の家に泊まっていたある日、朝の目覚めと同時に宮垣のモノをいたずらしていた池戸は、彼の男が反応しないことに気づく。その後もあれこれと宮垣に官能を掻き立てるようなエッチなサービスをしたりするものの、いっこうに勃つ気配はなくて…？　後編には密かなコンプレックスに悩む池戸の物語を収録。

LYNX ROMANCE

愛《いと》しい傷《きず》にくちづけを

風見香帆

illust.水玉

898円
（本体価格855円）

高校生のミナトは母親の再婚によって血の繋がらない義兄の弘秋と暮らすことに。最初は、きっちりした性格の自分とは違う楽観的な弘秋の性格に苛立ちを募らせていたが、お互いへの苛々をぶつけあったのがきっかけで仲良くなり今では悩みを打ち明ける仲にまでなった。ある日、弘秋から恋愛相談をされていたミナトは、彼から突然「キスをしてみないか」と言われ執拗なキスをされる。それ以来弘秋との関係は微妙に変化し……。

LYNX ROMANCE

旗《はた》と翼《つばさ》

高原いちか

illust.御園えりい

898円
（本体価格855円）

幼き頃より年下の皇太子・獅心に仕えてきた玲紀は、獅心から絶大な信頼と愛情を受けていた。だが成長した獅心がある事情から廃嫡の憂き目に遭い、玲紀は己の一族を守るため、別の皇太子に仕えることになる。そして数年後、新たな皇太子の立太式の日、王宮はかつての主君・獅心率いる謀反軍に襲われてしまう。「俺からお前を奪った奴は許さない」と皇太子を殺す獅心を見て、己に向けられた執着の深さに恐れさえ抱く玲紀だが…。

LYNX ROMANCE　LYNX ROMANCE　LYNX ROMANCE　LYNX ROMANCE

LYNX ROMANCE

正《ただ》しい猫《ねこ》の躾《しつ》け方《かた》

桐嶋リッカ　illust. ホームラン・拳

898円
(本体価格855円)

高校生の皐月怜二は養父母に捨てられ、表向きはレンタルペット業を営む会員制クラブで『猫』として、体を売って働くことになった。人生に希望を見いだせず、自らを取るに足りない存在だと思っている怜二にとって、いまさら体を売ることなど痛くはなかった。しかし、クラブから派遣された調教師・萩尾龍青に少しずつ快楽を教え込まれ、彼から与えられる優しさと親愛の情に、いつしか怜二も心を開いていき…。

LYNX ROMANCE

危《あや》うい秘《ひ》め事《ごと》

いとう由貴　illust. 端縁子

898円
(本体価格855円)

仲間と一緒に複数人でのセックスを楽しんできた遊び人の桐嶋は柄にもなく平凡な書店員・修を好きになる。告白すらできずに戸惑っていたが、ある日悪友の久坂と槇口からホテルに来いと連絡を受けると、そこには二人の手で快楽に蕩かされた修の姿があった…。二人は、修に手を出せずにいた桐嶋を面白がり、修をさらって無理矢理淫らな行為を仕掛けていたのだ。そして、いつものように四人での行為に誘われた桐嶋は…。

LYNX ROMANCE

RDC ーレッドドア クラブー

水壬楓子　illust. 亜樹良のりかず

898円
(本体価格855円)

役者を目指す古葉直十は、家賃を払えず、アパートを追い出されてしまう。途方に暮れていた直十だったが、上流階級の雰囲気を持つオヤジ達が通う怪しげな洋館に忍び込み、ネタでも掴もうと思いたつ。しかし敷地内に足を踏み入れた直十はあっけなく捕まり、中へと連れて込まれてしまう。そこで、なぜか若頭という渾名を持つヤクザのような男・廿楽に、マイフェアレディのように育て上げられる事になってしまうが…。

LYNX ROMANCE

境涯《きょうがい》の枷《かせ》

妃川螢　illust. 実相寺紫子

898円
(本体価格855円)

三代目黒龍会総長・那珂川貴彬の恋人である花邑史世は、大学で小田桐という人物に出会う。最初は不躾な視線を危ぶんだ史世だったが、実は彼が国境無き医師団に所属する医者だったと知る。新たな交流が生まれた矢先、小田桐宛てに事故で亡くなった友人から、黒龍会とも関係があるらしい小包が届く。そして、小包を狙った何者かに小田桐が狙われ…。史世の成長とともに事件が渦巻くColdシリーズ最新刊が登場。

LYNX ROMANCE

カウンターの男《おとこ》

火崎勇　illust. こあき

898円（本体価格855円）

バーテンダーの安積は、自分の店の前で怪我をして倒れていた、ヤクザ風の男をなりゆきで助けてしまう。手当ての後、男は財布だけを残し姿を消した。しばらく後、仕事中に客から言い寄られて困っていた安積の前に、助けた男が姿を現す。困った安積は、蟠蛇と名乗るその男に恋人のフリをして欲しいと頼み、しばらく仮の恋人ということになった。しかし、恋人のふりを続けるうち、安積は蟠蛇に惹かれていき…。

LYNX ROMANCE

天使《てんし》のささやき

かわい有美子　illust. 蓮川愛

898円（本体価格855円）

警視庁機動警護担当で涼しげな顔立ちの名田は、長年憧れを抱いていた同じSPの峯神と一緒の寮に移ることになる。接する機会が増え、峯神からSPとしての的確なアドバイスを受けるうち、憧れから恋心に徐々に気持ちが変化していく。そんな中、ある国の危険人物を警護することになり、いい勉強になると意気込んでいた名田だったが、実際に危険が身に迫る現実を目にし、峯神を失うかもしれないと恐怖を感じ始め…。

LYNX ROMANCE

指《ゆび》先《さき》は夜《よる》を奏《かな》でる

きたざわ尋子　illust. みろくことこ

898円（本体価格855円）

音大で、ピアノを専攻している甘い顔立ちの鷹宮奏流は、父親の再婚によって義兄となった、茅野真継に二十歳の誕生日を祝われた。バーでピアノの生演奏や初めてのお酒を堪能し心地よい酔いに身を任せ帰宅するが、突然真継に告白されてしまう。奏流が二十歳になるまでずっと我慢していたという真継に、日々口説かれることになり困惑する奏流。そんな中、真継に内緒で始めたバーでピアノを弾くアルバイトがばれてしまい…。

LYNX ROMANCE

涙《なみだ》をとじこめて

杏野朝水　illust. やまがたさとみ

898円（本体価格855円）

会社員の牧野輝は大学生の時、忘れられない恋をする。しかし、その恋はあっけなく砕け散り、傷つき疲れ果てた輝は、もう恋愛はしないと決心する。以来、仕事もプライベートもすべてを犠牲にし、輝は耳の聴こえない弟・登和のために自分の時間を費やしてきた。このまま穏やかな日々が続くことを望んでいた輝だったが、過去に自分を捨てた男・丸山と偶然職場で再会してしまい…。

LYNX ROMANCE

だってうまく言《い》えない

きたざわ尋子　illust. 周防佑未

898円
（本体価格855円）

料理好きが高じて、総合商社の社食で調理のスタッフをしている繊細な容貌の小原柚希は、小さなマンションに友人と暮らしている。ワンフロアに二世帯しかなく隣人の高部とは挨拶を交わす程度の仲だった。
そんなある日、雨宿りをしていた柚希を通りかかった高部が車で送ってくれることに。お礼として料理を提供するうち、二人の距離は徐々に近づいていくが…。

LYNX ROMANCE

唇《くちびる》にコルト

佐倉朱里　illust. 朝南かつみ

898円
（本体価格855円）

古ぼけた小さなビルで、探偵事務所を営んでいる平沢翼は、裏の稼業で殺し屋をしている。ある日、一夜の相手を見つけるため出向いたバーで、一人の男と出会う。元警官で現在失業中だというその男・平井輝之と、一夜限りの情事で別れた平沢だったが、後日偶然彼が探偵事務所を訪れる。それからというもの、平井は平沢の事務所に度々顔を出すようになり、二人の距離は徐々に縮まっていき——。

LYNX ROMANCE

その目《め》で見《み》るな

可南さらさ　illust. 高宮東

898円
（本体価格855円）

大学生の前田高宏は、マンションの隣に住む同じ大学生でモデルの篠宮斎を介抱したことから、食事の世話をするようになった。男女問わず恋愛関係の噂がたえない斎に高宏は、友人から気を付けろと忠告をされる。まさか地味で野暮ったい自分に、斎は興味をもたないと思っていた。だが、斎から「俺としてみない？」と突然告げられる。男相手は考えられない高宏は、斎にきっぱりと断るが…。

LYNX ROMANCE

12の月と、塔《とう》の上《うえ》の約束《やくそく》

六青みつみ　illust. 白砂順

898円
（本体価格855円）

ある理由から長年、〝貴人の塔〟に幽閉されているエリオンは、飼っている鳥を介して出会っていた近衛聖騎士・アーガイルに、いつしか恋心を抱くようになっていた。王に願い、月に一度アーガイルと会うことになったエリオンだったが、初日にアーガイルに強引に身体を奪われてしまう。思いやりもない行為と言葉に、彼が何か誤解をしていることを悟ったエリオンは、説明しようとするが…。『光の螺旋』シリーズ第六弾。

LYNX ROMANCE

クライアント

水壬楓子 illust. 佐々木久美子

898円（本体価格855円）

人材派遣会社『エスコート』のボディガードの鞠谷希巳は、ダン・サイモンのボディガードとしてアメリカに赴いた。迎えにきたのはダンの養子であるジェラルドで、鞠谷の美しい容姿から本当にボディガードなのか、ダンと恋愛関係にあるのではないかと疑っていた。一緒に過ごすうち、二人の関係は修復され、距離が縮まっていくが、実は鞠谷とダンとの間には秘められた理由があり…。『エスコートシリーズ』第二シーズン始動。

LYNX ROMANCE

三《さん》兄《きょう》弟《だい》

バーバラ片桐 illust. タカツキノボル

898円（本体価格855円）

大学生の氷室祐哉は、氷室家の三兄弟の中で一番出来が悪いが、それなりに幸せに暮らしていた。しかし、誕生日の夜に三人の関係が一変してしまう。お風呂に入っていた祐哉のところへ兄の博と弟の保が突然やってきて、二人がかりで犯されたのだ。彼らから愛の告白をされ、どちらか選ぶことをせまられるが、戸惑う祐哉にできるはずもなく、二人の手管に翻弄されつづけ…。

LYNX ROMANCE

ココロノイロ

栗城偲 illust. 斑目ヒロ

898円（本体価格855円）

幼い頃から、絵を描くことで自らの感情を昇華させてきた高校生の楠天音は、義理の父である弘幸への許されない想いを一枚の絵に塗り込んでいた。だがある日、その絵に興味を持つ同級生・百々眸が現われる。有名芸術家一家に生まれた百々に、絵に隠していたはずの恋心を指摘されて戸惑う天音だったが、いままで誰にも理解されなかった自分の絵をわかってくれる彼のことが次第に気になりはじめ…。

LYNX ROMANCE

カデンツァ1 ～青の軌跡〈番外編〉～

久能千明 illust. 沖麻実也

898円（本体価格855円）

ジュール＝ヴェルヌの帰還後、傭兵に戻った三四郎の元に要人警護の依頼が舞い込む。依頼主は以前少しだけ関わった植物学者・アーイシャ。気弱で臆病な少年だった彼は見違えるような青年に成長し、テロリストに狙われているにもかかわらず、楽しげに三四郎を引っ張り回す。戸惑いながらも付き合う三四郎だが、ついに事件は起こり――。『タイトロープダンサー5』後の三四郎と、船上でのカイを描いた「それから。」も同時掲載。

この本を読んでの
ご意見・ご感想を
お寄せ下さい。

〒151-0051
東京都渋谷区千駄ヶ谷4-9-7
(株)幻冬舎コミックス　小説リンクス編集部
「水島《みずしま》 忍《しのぶ》先生」係／「日野《ひの》ガラス先生」係

リンクス ロマンス

魔獣に魅入られた妖精

2012年3月31日　第1刷発行

著者…………水島《みずしま》 忍《しのぶ》
発行人…………伊藤嘉彦
発行元…………株式会社　幻冬舎コミックス
〒151-0051　東京都渋谷区千駄ヶ谷4-9-7
TEL 03-5411-6434（編集）
発売元…………株式会社　幻冬舎
〒151-0051　東京都渋谷区千駄ヶ谷4-9-7
TEL 03-5411-6222（営業）
振替00120-8-767643
印刷・製本所…共同印刷株式会社
検印廃止

ISBN978-4-344-82481-2 C0293
Printed in Japan

幻冬舎コミックスホームページ　http://www.gentosha-comics.net